イメージってのは、長い影みたいなもんだ。
太陽が沈むのを待ったって、消えてくれやしない。
「こうならないといけない」という圧は、
たいていこっちが耐えられなくなるまでかかり続ける。
人は誰でも、理想の自分のパロディにすぎないのさ。

ス・リチャーズ

序章　ファズ・フェイス

生まれてはじめて、ボクはステージに立っていた。

熱いくらいに強い照明が、こちらとあちらにくっきりと境界を作っている。向こう側は暗くて、なにも見えない。

視界が揺れているのは、目眩《めまい》がするほどの緊張のせいだと思った。でも目が慣れてきて、違う、ということがわかった。

揺れているのは、人だった。

たくさんの、人。それがひそひそと囁きあっている。まるで、真夜中の海みたいだ。

ボクはその波打《なみう》ち際《ぎわ》で、生まれたての小さなウサギみたいに、鼻をひくひくさせながら、体を震わせている。

見えなくても、ボクに視線が注がれているのがわかる。視界は真っ黒なのに、頭は真っ白だった。顔はきっと、真っ赤になっていると思う。

頬の熱はだんだんと体中に広がって、胸がぎゅっと締めつけられる。お腹《なか》が痛くなってくる。

なのに手足は冷え、強張ってくる。怖い。嫌だ。今すぐ消えてなくなりたい。そんな気持ちが、速まる心臓の鼓動とともに、全身を駆け巡る。

まるで裸になったみたいだ。

ううん、裸になるより、もっとずっと恥ずかしい。

体なんて、しょせん見た目の問題だということを、今のボクは知っている。確かにボクは、背が低いし、胸もないし、やせっぽちで頼りないし、自分のことがさっぱり好きじゃないけれど。これからボクを待っていることに比べたら、そんなのたいしたことじゃなかった。今すぐここから逃げ出して、家に帰ってベッドにもぐりこんで、最初からなにひとつなかったことにしてもいいっていうのなら、服なんて喜んで全部脱ぎ捨てる。

それくらい、恐ろしいんだ。

音楽、というやつは。

それは残酷なほど技術を、練習を、取り組みを、才能を明らかにしてしまう。

声を出す。このギターの弦を弾《ひ》く。たったそれだけで、どんなに音楽を知らない人だって、ほんのわずかなズレさえも、敏感に違和感として感じ取る。このステージに立って、人前で演奏する資格があるかどうか、すぐにわかってしまう。処刑を決める、陪審員みたいに。

それは仕方のないことだ。ボクだって今までそうしてきた。ボクはあちら側から、安全なところから、やれうまいとかへただとか、勝手なことばかり言ってきた。

ステージに立ちたくなかったのは、本当は気づいていたからだ。そんな自分自身の、無邪気な残酷さに。

なら、罪を背負って、受け入れるしかない。その覚悟なら、ちゃんとしてきた。

ボクが本当に、一番、恐れているのは。

心が、晒《さら》されてしまうことだ。

なにを想《おも》って、どんな気持ちで、今ここにいるのか。

音の響き方。声の表情。そういうものに、すべてあらわれてしまう。

すべて、すべて、包むこともできず、隠しようもなく、伝わってしまう。

でも、だからこそ、ボクはここにいる。

わかっているのに、決めたのは自分なのに、それでもずっと、体の震えが止まらない。

バンドのメンバーが、心配そうにボクを見ている。

受け入れよう、と思った。

ボクはすごく、すごく、緊張している。恥ずかしい。嫌だ。音を出したくない。声をあげたくない。誰にも見られたくない。だってボクは醜いんだ。どうしようもなく歪《ゆが》んでいて、バカで、欲深くて、誰にも愛されなくて、なんにも持ってない。

だとしても。

これがボクなんだ。

今、こんなちっぽけな場所で、震えているのがボクなんだ。

この震えだけは、ボクのものだ。

すべての音は、振動から生み出されるって、ボクは知ってる。

首から下げたギターも、目の前に立てられたマイクも、ボクの指の、喉の、体の震えを、ものすごく大きな音に変えて、あの暗闇の向こう側に、響かせ、轟《とどろ》かせてしまう。

そしてそれは、どうしようもなく正直に、ボクの気持ちを伝えるだろう。

その振動こそが。

きっと、ボクのロックンロールだ。

目を閉じて、息を吸う。

左手はギターの巻弦のざらざらした感触を確かめて、右手はつるつるしたピックを、落とさないようにぎゅっと押さえつける。

ねぇ。ここからは見えないけど。

きっと、そこにいるよね。

キミが受け止めてくれることを信じて、目の前に広がる深い闇の向こうに、ボクは飛び出す。

「それでは、聞いてください——」

そう。

これはボクが、本当の気持ちを伝えるまでの物語。

Aohal Devil
アオハルデビル2

AOHAL DEVIL 2
池田明季哉
絵 ゆーFOU
Written by Akiya Ikeda Illustration by YUFOU
Design by Kaoru Miyazaki(KM GRAPH)
Published by DENGEKI BUNKO

第1章

もう白亜紀ではありません

かつて僕の日常は、極めて平穏なものだった。

夜空を見上げては、無数の星々のきらめきを、ぼうっと眺めるような日々。星の名前も、星座の場所も、なにひとつ知らないまま生きてきた。なんの物語もなく、ただ光だけが夜にある。スマートフォンのディスプレイに映るそれを、わあ綺麗《きれい》だなあ、と眺める。それだけで、十分すぎるほどに満ち足りていた。なにせ星は数え切れないほどあり、僕の夜道はそれだけで明るいものだったから。

けれど、そんな毎日は、今や跡形もなく変わってしまった。

たとえるなら、何光年の彼方《かなた》に輝く恒星が、いきなり落ちてきたようなものだ。あまりの眩《まぶ》しさに目を開くこともできない。ありえない温度に焼かれ、強すぎる重力に振り回される。しかし徐々に軌道は安定し、今では僕はその星の周りを、ぐるぐると回っている。

伊藤衣緒花《いとういおか》。

それが、星の名前だ。

僕はなんの因果か、エクソシストとして彼女に憑《つ》いた悪魔を祓《はら》う羽目になってしまった。

それからというもの、望むと望まざるとにかかわらず、僕の生活の中心には、彼女がいる。

そして今、衣緒花《いおか》は僕の隣の席に陣取っている。長い足を組んで、スカートの隙間から眩《まぶ》しい太腿《ふともも》をのぞかせながら、いささか神経質すぎるほど綺麗《きれい》に整えられた爪を持つ指先で、スマートフォンを操作していた。

「ねぇ、有葉《あるは》くん。これ、見てください」

そんな彼女はおもむろに、僕にスマートフォンを向けてくる。

浮かべられた挑むような表情を疑問に思いながらも、僕はその画面を覗《のぞ》き込む。

そこに映っていたのは、街を歩く衣緒花《いおか》の写真だった。

やや遠くから望遠で撮影されたその写真には、こうコメントが添えられている。

〈衣緒花《いおか》ちゃんいた！　実物細すぎやば！〉

そのコメントは、それが道行く誰かによって撮影されたものであることを意味していた。

衣緒花《いおか》が悪魔に憑《つ》かれ、そしてショーの本番に文字通り炎上したあの事件。その当事者にして奇跡の生還者として、衣緒花《いおか》は注目の的になっていた。彼女が燃え上がる直前の様子はライブで中継されていたため、そのアーカイブ映像はニュースを駆け巡り〈燃えたモデル〉として、彼女の名前は響き渡った。

一時は放火かテロかと騒然となったが、調査の結果、原因不明であり会場にもブランドにも回避できなかったこと、デザイナーの手塚照汰《てづかてるた》が完璧な対応をしたこと、そしてマネージャーの清水《しみず》さんのフォローもあって、事態は急速に沈静化した。

不本意なかたちで有名になってしまったのだから、悪い噂《うわさ》を立てられていた可能性もあった。しかし彼女を守ったのは、周囲の奮闘だけでなく、それまでの彼女の堅実な仕事ぶりと現場での評判だった。

そうなれば、注目のモデルを起用したいと考える会社が増えるのも自然なことだろう。こうして衣緒花《いおか》の仕事は爆発的に増え、こうして目撃情報がＳＮＳを駆け巡る程度には、彼女は知られた存在になりつつあった。

なのでこの写真も、特に変わったものとは思わなかったのだ。

そう、最初は。

「うん、衣緒花《いおか》だね」

僕の感想に、彼女は不服そうに眉をひそめる。

「やっぱり」

「な、なにがやっぱりなの？」

「実はですね。この日、私は一日撮影でスタジオにいたんです。日が出ているあいだは外に出ていません」

「え？　それって……衣緒花《いおか》がふたりいるってこと⁉」

急な展開に驚くが、どうやらそれは的外れなものだったらしい。

「なにを言っているんですか。そんなわけないでしょう」

彼女は呆《あき》れた顔をすると、事態を説明した。

「これは先月号の〈ABBY〉で着た服そのままです。ヘアもそっくりですし、顔はよく見えませんけど、雰囲気からしてメイクも似ています。誰かが私をまるごと真似《まね》したのでしょう」

「ははあ、なるほど」

考えてみれば当然のことだ。衣緒花《いおか》が呆《あき》れるのも無理はない。

「でも、有葉《あるは》くんには、私に見えるんですよね？」

「う、それは……」

「私と他の女の見分けもつかないと？」

睨《にら》みつけられ言いよどむと、彼女はふんと鼻を鳴らす。

「まあ、いいでしょう。そういう子が出てくるほどに、私の雷名が轟《とどろ》きつつあるということですから。讃《たた》えてください」

そう言って衣緒花《いおか》は、胸を反らして得意気な顔をする。

「戦国武将みたいなこと言うな……。でも前に、モデルの真似《まね》すればいいってわけじゃない、みたいなこと言ってなかった？」

「それはそれ、これはこれです。私みたいになりたい、と思ってもらえたのなら、それは素直に嬉《うれ》しいことでしょう」

「あんなことがあったあとだしね」

「ということで、私は考えるわけです。世界をこの手に収めるべく、よりいっそう邁進《まいしん》しなくてはならないと」

「もはや帝国主義だ」

衣緒花《いおか》はいつも衣緒花《いおか》であり、それは悪魔を祓《はら》ってからも変わらない。

しかし、変わってしまったこともある。

「ということで、今度一緒にメンズの服を見に行きますから」

僕はなぜか引き続き、彼女の活動に動員されるようになってしまった。

「いや、どういうこと？」

「だって有葉《あるは》くんにいろいろ着てもらわないと」

「着るの？　僕が？」

「スーツを着た有葉《あるは》くんを見て、私は悟ったのです。私はメンズウェアへの理解がまだまだ足りません。パターンからしてまったく方法論の違うメンズについて学んでこそ、相対的にレディースについてもよく理解できるというものでしょう。そして学びを深めるためには、やはり自由に使えるメンズの肉体が必要です」

「僕の体はいつ無料教材になったんだ」

「仕方がありませんね。私の試着に付き合うことを許します。異性の印象を知ることも重要ですので。私を間近で見られるなんて眼福もいいところですから、まさに三方良しと言えるでしょう」

「むしろ一方的すぎる」

この場合、三方というのはどこのことなのだろう、とふと考える。

僕は衣緒花《いおか》と約束した。彼女のことを、ずっと見ていると。

それは衣緒花《いおか》の悪魔を祓《はら》うためであったし、まあその意味においては衣緒花《いおか》と悪魔にとってはよいことなのだろう。

では、僕にとっては、どうなのだろうか。

悪魔を振り払ったあとも、僕は彼女という星のまわりを、ぐるぐると回転し続けている。

その重力は、今や僕の生活の中心だった。スマートフォンはほとんど衣緒花《いおか》と連絡を取るためにあったし、僕のカレンダーにはなぜか彼女のスケジュールが共有されていた。仕事以外で彼女が行くどんな場所にも、僕は連れていかれた。

それがいいことなのかどうかは、わからない。けれど、僕はそこに、奇妙な感情を見つけずにはいられなかった。

居心地のよさ。安心感。あるべきものが、あるべき場所にあるような感覚。

僕はそういう気持ちを、できるだけ見ないようにしてきた。だってそうだろう。ついこのあいだまで、僕は彼女のことを、自分と関係ない世界に輝く夜空の星だと思って見つめてきたのだ。それをよしとするのは、なんというか、あまりにも自分勝手で、都合がよい気がして。

しかし衣緒花《いおか》はそんな葛藤などお構いなしで、ぶれることなく自転している。

「私はプロですから、むしろお金を取ってもよいくらいです」

「そう言われると説得力があるような気がしてくる……」

「でしょう？　だから体で払えと言っているのです」

「言い方が悪すぎない？」

いや、やっぱりこのティラノサウルス相手にそんな殊勝な考えは必要ないのではないだろうか、と思ったところで、今度は狼がひょっこりと顔を出した。

「ロズィ知ってるよ。それヤミキンってやつでしょ」

行儀悪く机にひょいと腰掛けると、極端な脚の長さと背の高さが際立《きわだ》つ。透明な髪がふわりと揺れて、青い目が子供のように、いたずらっぽく輝いている。

「誰が闇金ですか」

「こわ。イオカ地獄まで取り立てに来そう」

「私のものを返さないほうが悪いのです」

「やっぱこわ！」

ロズィは大袈裟《おおげさ》に、けらけらと笑った。

かつて悪意を拳に握って殴り合うようだったふたりのやり取りを知っている身からすると、この程度の会話はじゃれ合いに等しい。実際、あれ以来イオカとロズィは頻繁にやり取りをしているらしい。同じ事務所の先輩と後輩なので、そのほうがむしろ自然というものだろう。最近はこうしてわざわざ中学棟から遊びに来ることが多くなった。


「ちなみにロズィはいつからいたの？」

「カレシとイオカがデートってところから」

「そんな箇所はない！」

思わず悲鳴をあげてしまう。

「ロズィも行く！」

「なにを言っているんですか！　ロズィはダメに決まっているでしょう！」

「えー、さっきサンポウヨシって言ってたじゃん！　それって3人みんなハッピーってことでしょ？　ロズィ知ってるんだから！」

「そこにあなたは含まれてません！」

「ロズィだってメンズの服勉強したいもん。イオカにドクセンのケンリないし！」

「私が最初に見つけたんです！　ブルーオーシャンです！」

「でもカレシじゃないんでしょ」

「そ、そういう問題では……」

「まだ釣ってないサカナじゃん。あ、カニかな？　デッドリエスト・キャッチ？」

勝手に資源として開拓されても困る、とせめて抵抗しようとした矢先に。

「あ、あのー……」

消え入りそうな声が聞こえて、僕たちの目が、いっせいにその方向を向く。

そこには、ギターを背負ったクラスメイトが、居心地悪そうに体を揺らしていた。

染められた髪は相変わらず鮮やかで、その隙間から覗く耳には、たくさんのピアスが光っている。

「三雨《みう》、いつからそこに……」

「えっと、メンズの服がどうとかのところ？」

「なんで三雨《みう》まで最初からいるんだ……」

「ごめん、盛り上がってたから、声、かけにくくて。その、そこ、ボクの席だから……」

おずおずと指差す三雨《みう》に、衣緒花《いおか》がさっと顔色を変える。そう、衣緒花《いおか》が足を組んで我が物顔で座っていたのは、確かに三雨《みう》の席だった。

「すみません。すぐにどきますので。ほら！　ロズィも！」

慌てて立ち上がった衣緒花《いおか》は、机の上に座ったロズィの背中をばんばんと叩《たた》くが、ロズィはまったく動く気配がない。

「えー」

「えーじゃありません！」

寝坊した子供を叱る親のような態度で、衣緒花《いおか》はロズィを叱りつける。

一方で、三雨《みう》はなぜか申し訳なさそうに笑みを浮かべると、顔の前で手を振った。

「いやいや、いいよ、ゆっくりしてなよ。なんかごめんねかえって。ボク、どっちみち部室行かなきゃだからさ」

「ね、イオカ、ミウはいいって言ってるよ？」

「あなたは服より先に遠慮や気遣いという概念を身に着けてください」

「えー」

「だからえーじゃありません！」

「ごめん、衣緒花《いおか》ちゃん、本当に大丈夫だから」

三雨《みう》は本当に戸惑った様子で衣緒花《いおか》とロズィの顔を見比べると、遠慮がちに机を指差した。

「えっと、でも机の中のピックだけ取ってくれる？　ちっちゃい缶みたいの」

衣緒花《いおか》は言われた通りに手を伸ばすと、銀色の缶を取り出した。

「ええと、これ、ですか？」

「ん、ありがと」

受け取った三雨《みう》は、それをパーカーのポケットにそっとしまう。

「もしかして、文化祭の練習？」

「あー、うん。その、軽音楽部でライブやるから……先輩と一緒に朝練してるんだよね」

なぜか口ごもりながら、三雨《みう》は背負ったギターを重そうにゆすった。

逆巻高校《さかまきこうこう》の文化祭は、少々変わっていることで有名である。

本校はそれなりの進学校であるのだが、よく言えば生徒の自主性が尊重され、悪く言えば放置される校風である。そして文化祭も、その例外ではない。

クラス単位での出し物があるわけではなく、そもそも参加する義務もない。自主的にやりたい者が個人的に申請してなにかをやり、同様に自主的に手を挙げた実行委員が、彼らに予算を配分する、という具合になっている。やりたい人だけが、やりたいことをやる。合理的といえば合理的な仕組みだ。

結果として、極めて少数の主体的な生徒が潤沢な予算を得て、趣味に任せて異常に気合の入った出し物を行う、というのがこの学校の伝統だった。そのため無闇にクオリティが高く、地元からは大きなイベントとして期待されているが、校内の一体感はゼロ、という奇妙な雰囲気になっている。

要はこういうことだ。

この高校の文化祭は、二極化する。

なにかをする数少ない生徒と、それを見る大多数の生徒。

僕がどちらであるかは、言うまでもない。

しかしそれゆえに、三雨《みう》が文化祭に出るということをやや意外に思った。

彼女はロックが好きで、軽音楽部で、見た目が派手だ。

なのにそれと対照的と言っていいほどに、人前に出ることを嫌がるタイプなのだ。

「なにそれすごい！　ライブやるの！」

しかしロズィはそんな疑問など関係なく、ライブという言葉に目を輝かせている。

「え、いや、そうだけどそうじゃないっていうか、ロズィちゃんとか衣緒花《いおか》ちゃんに比べたら、ホントおままごとみたいなもんで……」

「ロズィ、けっこうロックとか好きだよ！　聞きに行くね！」

「いやーいいよいいよ、ホントにさ、思い出作りっていうか、そういうやつだから」

「いいですね。私も聞いてみたいです」

弾む衣緒花《いおか》の声に、三雨《みう》の眉がぴくりと動いたのがわかった。

僕は人の関係に鈍いほうだという自覚はある。しかしそれでも、三雨《みう》と衣緒花《いおか》のあいだにある微妙な雰囲気を、僕なりに感じ取ってはいた。衣緒花《いおか》は三雨《みう》に対してごく自然に接しているのだが、三雨《みう》は衣緒花《いおか》がいると、なんだか緊張している節がある。

それはティラノサウルスが闊歩《かっぽ》する足元で穴に隠れる、小型哺乳類を思わせる。別に今は白亜紀というわけではないのだし、三雨《みう》が窮屈な思いをするのは本意ではないのだが、かといって衣緒花《いおか》や三雨《みう》になにかを言うのも変な感じがする。

「それはそれとして、私たちも退散しますよ」

「ちぇ。はーい。ミウ、楽しみにしてるね！」

衣緒花《いおか》は僕よりずっと鋭敏で、周囲をよく見ることが習慣づいている。彼女がちゃんと三雨《みう》に気を使っていることは、ちゃんと伝わってきていた。まあ、周りの様子に頓着しないロズィはともかくとしても。

「はは……期待しないでおいてねー……」

「それでは有葉《あるは》くん、また放課後」

「うん。またあとで」

優雅に去っていく恐竜とそれに連れ立つ狼《おおかみ》を見送ったあとで、僕は三雨《みう》を振り返る。

彼女はなんともいえない微妙な表情で、ふたりの背中を見つめていた。

「よっす。三雨《みう》いる？」

なんと声をかけようか迷っているところで、ひとりの男子生徒に先を越される。

片方の目にかかるくらい重い前髪と、同じくらい重そうに垂れた目の端が印象的だ。見た目の雰囲気はちょっと暗い感じなのに、その声は軽快で飄々《ひょうひょう》としている。背は高いが線が細くて、飛び出た犬歯が目立つ。

なんとなく、サメみたいな人だな、と思った。

「あっ、ウミくん。ごめんごめん、教室にピックケース忘れちゃってて」

「だーれがウミくんだ。俺が卒業するまでに、お前は俺を先輩とは呼ばないんだろうなぁ」

そう言って大げさに肩をすくめると、冗談めかした溜息《ためいき》をつく。どうも様子からすると、軽音楽部の先輩らしい。呼びに来たということは、きっとバンドのメンバーなのだろう。

黒いケースに入ったギターを背負っていたが、よく見ると三雨《みう》のものよりちょっと大きい気がする。きっとベースというやつだ。背の低い三雨《みう》と並ぶと、なんだか妙に収まりがよかった。

「ロックに年功序列ないでしょ。それにカイ先輩だと、なんか海鮮丼みたいだし」

「そっちのほうがうまそうでいいけど。俺イクラ好き」

「誰も聞いてないよそんなこと」

「しっかし、そもそも河口海《かわぐちかい》って、もうちょっと考えて名前つけてほしいよな。これじゃ単なる地形だっての」

「雨よりいいじゃん。湿っぽくなくて」

「そう？　あ、そういやさっきそこで衣緒花《いおか》ちゃんとすれ違ったんだけどさ。やっぱかわいいよな。なんかいい匂いしたし」

「え、ウミくん気持ち悪」

「うるさいな。いいだろ別に、かわいいものはかわいいんだから」

「……まあ、そうだけど」

「いいから練習行くぞ、もう文化祭まで時間ねぇんだから。じゃ、お邪魔しましたー」

「有葉《あるは》、またね！」

「うん。練習がんばって」

僕は誰にでも言えそうな応援の言葉だけをかけて、そのまま見送ることにした。様子は気になったが、もともと、なにかはっきり聞きたいことがあったわけでもない。

衣緒花《いおか》、ロズィ、三雨《みう》、カイ――ウミ先輩。いろいろな人が風みたいにやってきて、落ち葉を巻き上げるようにして去っていく。

ひとり静けさとともに自分の席に残されると、ふう、と小さく息が漏れた。

今までになかった情報量に少し疲れて、僕は椅子を後ろに傾け、教室の天井を見上げる。

そして、ふと、思う。

以前の日々がもう戻ってこないのだとしたら。

居心地のよいこの新しい日常も、いつか変わってしまうのだろうか。

たとえば恐竜が絶滅して、哺乳類の時代が訪れるように。

ブーンと通知を鳴らすスマートフォンの画面を見ると、そこには衣緒花《いおか》からのメッセージが表示されていた。

〈今日の放課後。忘れないでくださいね〉

いや、今は目の前のことだけを考えることにしよう。

目を閉じると、ホームルームのチャイムが、晩鐘のように鳴り響いた。

第2章

グミベアの3点シュート

「やあやあ、よく来たね。入って入って」

そう言って僕たちを出迎えたのは、いつもどおりの佐伊《さい》さんだった。

ひとつだけ違うところがあるとすれば、着ているのが白衣ではないことだ。Tシャツにジーンズというラフな格好をしている。布地が豊かな胸に引っ張られてへそが出ていて、ウェストがきついのかジーンズのボタンは外れている。目のやり場に困るので人を迎えるときくらいはもうちょっとちゃんとした格好をしてほしいと思うが、今更この人のだらしなさになにを言っても無意味だとあきらめる。

一度家に来てほしい、と言われたのは、数日前のことだった。

当然、要件は決まっていた。

悪魔について、だ。

具体的な内容は不明だったが、とにかく落ち着いて話せる——人目に触れない場所がよいということで、僕と衣緒花《いおか》は学校が終わってから、こうして佐伊《さい》さんが住む一軒家のチャイムを鳴らしたというわけだった。

もちろん、この家には何度も来たことがある。

しかし、僕にとってはあまり積極的に足を運びたくない場所だ。いろいろな意味で非日常的な家ではあるのだが……どちらかというと、この場所では決して日常を過ごしたくない、という意味のほうが近い。

「お邪魔します……わっ」

そしてその洗礼が、今度は衣緒花《いおか》を襲う。彼女は家の中を見て思わず声をあげてしまい、しまったという顔で慌てて両手で口元を押さえる。

それも当然だ。

家の中は、本当に、文字通り、足の踏み場もないほど散らかっている。

なにに使うのかよくわからない、とにかく年代物だということだけが伝わってくる無数の品々は無造作に段ボールに詰め込まれ、それがあらゆる場所に積まれている。ところどころで本やら紙の束やらが雪崩《なだれ》を起こしている始末だ。

「佐伊《さい》先生、ここに本当に住んでるんですか？」

ついそう質問する衣緒花《いおか》に、佐伊《さい》さんは当然といった様子で答える。

「そりゃそうさ。住むところなんて、横になれるソファがあればそれでいいんだよ」

「そ、そうですよね！」

衣緒花《いおか》の自宅の状況からすると、同意している場合ではない。まったく、とんだ反面教師だ。

「研究というのは君たちが思っているより大変なのさ。おっと、それはバチカンから取り寄せたアミュレットだからね、蹴飛ばさないでくれたまえよ」

どこをどう歩いてもなにかにぶつかりそうな廊下を少し歩いて、佐伊《さい》さんはソファに腰を下ろした。それ以外の空間は、ほとんど埋まってしまっている。まるで博物館のバックヤードだ。あふれんばかりの古めかしいなにがしかの中で、低いテーブルの上に並んだ充電中のゲーム機だけが、かろうじて現代らしい要素だった。

僕と衣緒花《いおか》は、かろうじて立っていられる場所に、身を寄せながら佇むことになる。

「さて、改めて悪魔祓《ばら》いおつかれさま。いやーうまくいってよかった」

そう言いながら、ガサガサと近くの箱から赤い袋を取り出す。ひょうきんな顔をした黄色いクマが描かれたパッケージを破ると、小さなグミのクマを口に入れた。

「投げ出して国外逃亡してた人の言葉とは思えない」

「まあそう言わないでくれたまえ。今回出てきたのは悪魔召喚についての文献なんだけど、なんとイングランドのアニック・カースル城の地下にチャールズ・レインフォードの隠し書庫があることがわかってね。ニコラ・フラメルの写本のうちひとつがこれまで知られていなかった悪魔の召喚方法についてのもので、クロウリー式の召喚魔術を根本的に再解釈しなくてはならなくなる内容が含まれていることが判明して——」

「学術的なことはあとで聞くから、結論からお願い」

「まったくせっかちだね。臨床はともかく研究者には向いていないな」

「なりたくもないものの適正を否定されている」

「ええっ、なりたくないの⁉　私というお手本があるのに⁉」

「やだよ、お菓子食べてゲームばっかりしてるんだもん」

「そうかぁ。こんなにかっこいいのに。見る目ないねぇ、弟クンは」

佐伊《さい》さんは不満げに溜息《ためいき》をつくと、透明なクマを両手の指先でぐいーっと引っ張った。それに合わせて、クマが奇妙な形に変形する。首が取れてしまわないかとハラハラしていると、それより先に佐伊《さい》さんが食べてしまった。

「まあ、それはいいけどさ。衣緒花《いおか》くん、あれから炎は出ているかい？」

「いいえ。一度も」

「トカゲは？」

「見てないよ」

衣緒花《いおか》の代わりにそう答えてから、その質問に違和感を覚える。

「ねぇ、佐伊《さい》さん。悪魔は……祓《はら》えたんじゃないの？」

しかし佐伊《さい》さんは、クマをもうひとつ口に放り込むと、にやりと笑った。

「そうとも言えるし、そうでもないとも言えるね」

「……どういうこと？」

「悪魔は、まだ衣緒花《いおか》くんの中にいる」

それは、あまりにも、不吉な台詞《せりふ》だった。

「そんな！　だって、僕たちは確かに——」

「まあまあ、落ち着いて聞きたまえよ。悪魔は欲望を叶《かな》える現象だ。電気が通りやすいほうに流れるように、欲望のあるほうに向かう。アミーは確かに、一度は衣緒花《いおか》くんの体を出た」

「アミー、って……悪魔の名前、だったよね」

「そう。『ゴエティア』『悪魔の偽《ぎ》王国』をベースに人格ではなく概念として再解釈したネオ・ソロモニズムが今主流の解釈なんだけど、悪魔はその叶《かな》える欲望に注目して72種類に分類することが可能なんだ」

その話には前にも聞いた覚えがあった。72柱の悪魔。見るからにおどろおどろしい怪物の挿絵を、図書館の本で見たのを思い出す。忘れようと思っても忘れられない代物だ。

「でも公爵とか伯爵とかって、人みたいに書かれてたような……」

「よく勉強しているじゃないか。さすが私の弟子。先生の指導がいいんだね」

「ちゃんと教えてくれていたら素直に頷《うなず》けたんだけど」

「なんというのかな。昔は誰かが天空から雷を落としていると思われていたんだけど、やがて電位差に由来する放電だとわかった、みたいな感じかな。かつての神様が実は現象だった、というのはよくある話だろう」

　わかったようなわからないような話だったが、ひとまずは頷《うなず》いておく。

「ともかくだ。衣緒花《いおか》くんの体を出たあと、アミーは一時的に有葉《あるは》くんの体に入ろうとした」

「それで僕の願いを叶《かな》えたから、僕は助かった――だっけ？」

「と、思っていたんだけど、それはそれでおかしい点もあってね……君と悪魔のあいだになにが起きたかについては調査中とさせてくれたまえ」

　僕はそのときのことを思い出す。

　衣緒花《いおか》を助けなくちゃ、と思った。そう思ったら、自然に体が動いていた。だから正直に言ってあまり記憶はないのだけれど。死にたくない、とは思ったのかもしれない。

「ともかく、普通ならそのまま衣緒花《いおか》くんから君に定着してもおかしくない。なのに、そうならなかった。理由は不明だけど……結果として悪魔は再び、衣緒花《いおか》くんに戻ったわけだ」

「待ってください、でも、私はあれから一度も燃えていません！」

　静かに聞いていた衣緒花《いおか》が、鋭く反論する。

「それは簡単さ。君の願いは、叶《かな》い続けているからね」

　衣緒花《いおか》は顔を赤くしてうつむいた。薄暗い部屋の中で、石の嵌《は》まった髪飾りがカーテンの隙間から入った光を反射する。

　炎の原因となった、彼女の願い。

それは、誰かに見ていてもらうこと。

僕は彼女のことを、ずっと見ていると約束した。

それでいながら、果たしてどうしていればいいのかはっきりわかったわけではないのだけれど。少なくとも炎が出ていないのなら、うまくいっている、と思う。多分。

「ただ、このままだとなにかの拍子に、また症状が現れてしまうかもしれない。悪魔憑《つ》きの再発、というわけだ」

「そんなの、どうすればいいのさ」

「そう、それこそが、君たちに来てもらった理由さ」

佐伊《さい》さんは、まだ中身が入ったグミベアの袋をポケットにねじ込むと、ソファのクッションを反動にしてぽんと立ち上がった。

「衣緒花《いおか》くん、頼んでいたものは持ってきた？」

「えっと、はい。これで……」

彼女は僕があげた髪飾りに手をやると。

髪から外して差し出した。

「うーん、ヘアピンかあ。大きさはちょうどいいけど、ちょっとアミーとは結びつきが薄いかな？　ライターとかキャンドルとか、あるいはせめて火をつければ燃えるものであったらよかったんだけど——」

「こっ、これは！　その……もともと持っていたヘアピンをなくしてしまって……それで有葉《あるは》くんが……いろいろ探して……プレゼントしてくれて……」

「ほほーう。ははーん。へへーえ」

　顔を真赤にして反論する衣緒花を見て、佐伊《さい》さんはにやにやしながら僕に視線を移した。僕はそれを不快な表情で迎え撃つ。

「なにさ」

「別に。すべてを悟ったのさ。そういうことなら概念的にも問題ない。むしろもっとも君の願いを反映したアイテムと言っても過言ではないね。では儀式に移ろうか」

　不穏な単語に、僕と衣緒花《いおか》は顔を見合わせる。

「儀式って……なにをするんですか？」

「緊張することはない。大事なのは心持ちさ。君はもう、覚悟を決めている。そうだろう？」

「どうでしょうか……」

「言い方がしっくりこないなら、こう言い換えてもいい。君はもう、心を決めて、い、る、」

　佐伊《さい》さんがなにを言っているのか、僕にはよくわからなかった。

　しかし、衣緒花《いおか》は思うところがあるようで、急に眉をひそめる。

「……佐伊《さい》先生って、実はすごく意地悪ですか？」

「いいや、親切なのさ。度を越えてね。……さて、それじゃヘアピンを握って」

促されるままに、衣緒花《いおか》は髪飾りを手の上に載せ、そしてぎゅっと握った。佐伊《さい》さんはその拳を包み込むようにふわりと手を乗せると、衣緒花《いおか》の目をまっすぐに見る。

「質問をするから、正直に答えるんだ。嘘《うそ》をつくと——というより、本心と言葉がズレると一気に燃え上がる可能性がある。大丈夫かい？」

「わかりませんけど、多分……」

僕は向かい合うふたりを見つめる。

これから、なにがはじまるというのだろう。

「では聞こう。君の願いは？」

「誰かに、見ていてもらうこと」

「それは叶《かな》った？」

「はい。叶《かな》いました」

それは単なる問答のように思われた。儀式、というふうには見えない。

シンプルな、意志の確認。

「もしそれが、再び叶《かな》わなくなったら？」

「それは——そのときは、自分で叶《かな》えます。……っ！」

急に衣緒花《いおか》が、顔をしかめる。その手に力がこもったのがわかる。

僕はそれを見て、直感する。

悪魔だ。

彼女の手が、熱を帯びている。

「佐伊《さい》さん！　これ大丈夫なの⁉」

「大丈夫。ふたりとも落ち着いて。質問を続けるよ」

本当に大丈夫なのか、それとも佐伊《さい》さんの気休めなのか、僕には判別することができない。

ゆえに、僕は黙ってふたりを見つめるしかなかった。

佐伊《さい》さんと衣緒花《いおか》を信じて。

「君は本当に、願いを自分で叶《かな》える？」

「本当です」

衣緒花《いおか》の手のまわりの空気が、歪《ゆが》んでいるように見えた。それが陽炎《かげろう》だとすれば。悪魔がふたたび活性化していることを意味する。

しかし、それでも質問は続く。

「そのヘアピンは？」

「これは――」

衣緒花《いおか》が言いよどむ。

しかしつまずいた体をすぐに立て直すように、まっすぐに、目線を上げた。

「これは、目印です」

そして放たれたのは、静かな、しかし確かな、宣言だった。

「見失わず、見ていてもらえるように。でも大事なのは、私がそれにふさわしい自分であることなんです。だから……私の願いが叶《かな》うとしたら、それは私が叶《かな》えるからです」

佐伊《さい》さんは満足そうに衣緒花《いおか》の言葉を聞くと、彼女の拳から、手を離した。

「じゃ、手を開いて」

ゆっくりと開かれる手を、思わず僕も覗《のぞ》き込む。

そこにあったのは、さっきまでと同じ、ヘアピンだった。

「……なにも変わってないけど」

「待ってください」

衣緒花《いおか》が顔を近づけて覗《のぞ》き込む。

そこにいたのは、トカゲ、だった。

もともと手のひらにおさまるくらいの大きさだったトカゲは、さらに小さくなっていた。黒い影が石の中に映り、まるで。

「……石の中に……トカゲがいます!」

「お、衣緒花《いおか》くんにも見えているんだね。なら成功だ」

佐伊《さい》さんはやれやれといったふうに、再びどさりとソファに腰を下ろした。袋から緑色のクマを取り出し、光に透かす。指先に力を込めると、透明なクマはふにふにと形を変えた。

「封印した、ってこと？」

「うーん、まあ、そんな感じかな。悪魔という現象と、道具という人間が利用可能な形態を概念的に結びつけることで、一時的に隔離したんだ。なくしたり捨てたりしないようにね」

「し、しません！　絶対！」

「儀式っていうから、呪文とか言うのかと思った」

安心して、ついそんな言葉が口から漏れる。

「認識が大事なんだ。君たちがわかる言語じゃないと認識もなにもないだろ」

「そういうもの？」

「そういうものなんだなあ、これが」

佐伊《さい》さんはクマをぽいぽいと数匹口に放り込むと、口をもごもごとさせながら言った。

「なにはともあれ、これで一段落かな」

「その、本当に大丈夫なの？　また燃えたりするんじゃ……」

「この世界に、本当に大丈夫なものなんてないさ。今までより安全というだけだ。力にして、前に進んでいくしかない。どんなときでもね」

佐伊《さい》さんは、今度は黄色のクマを親指の上に載せると、コイントスみたいに空中に放った。クマは幅の狭い放物線を描《えが》いて、音も立てずに口の中に消えていく。

僕と衣緒花《いおか》は、再び顔を見合わせた。その曖昧な物言いは、説得力があるような気もするし、誤魔化されているような気もする。しかしそう言われてしまうと反論もできなかった。

「じゃ、僕たちはこれで。行こう、衣緒花《いおか》」

「は、はい」

「おっと待った」

佐伊《さい》さんは、背中を向けた僕たちを呼び止める。

「な、なに」

「なにか言うことがあるんじゃないのかい？」

「あ……ええと、ありがとうございました。佐伊《さい》先生」

衣緒花《いおか》が律儀《りちぎ》に、そう頭を下げる。

「そうだろうそうだろう。お礼になにかしたくなってきただろう？」

佐伊《さい》さんは衣緒花《いおか》が顔を上げるのを見ながら、不気味に笑った。

「衣緒花《いおか》、帰ろう。嫌な予感しかしない」

「でも……」

「実は頼みたいことがあるんだ！」

「ほらやっぱり」

僕の予感は的中する。こういう顔をしているときの佐伊《さい》さんは、油断ならないのだ。

「いやいやご快諾ありがとう。話はかんたん。君たちにはこれからも、エクソシストとして逆《さか》巻高校《まきこうこう》で悪魔を祓《はら》ってほしいんだ」

「快諾してないし、もうこりごりに決まってる」

「まあ聞いてくれたまえ。悪魔は青春の願いに反応する。この学校の生徒に、悩みを抱えていない人はいないだろう。そのうちの誰かが、いつ悪魔に憑《つ》かれてもおかしくないわけだよ。衣《い》緒花《おか》くんと同じようにね」

「理屈はわかるけど……」

「有葉《あるは》くん、君にはエクソシストとして衣緒花《いおか》くんの悪魔を祓《はら》った実績がある。正義のために、迷える子羊たちを救ってくれたまえ」

「正義なんて、どの口が言うのさ。嫌だよ」

衣緒花《いおか》の悪魔を祓《はら》えたのは、偶然にすぎない。たまたま佐伊《さい》さんがいなかったから——衣緒《いお》花《か》をそのままにはしておけなかっただけだ。別に正義のためにやったわけじゃない。もう一度同じことができるわけがない。

「そう言うと思ったよ。でも……夜見子《よみこ》に関係ある、って言ったら、どうする？」

予想外の名前に、僕は殴られたような衝撃を受ける。

「今、なんて……」

「君が悪魔を祓《はら》うことは、夜見子《よみこ》と関係があるんだ」

僕の様子を見て、衣緒花《いおか》が声をあげる。

「待ってください、どういうことですか？」

佐伊《さい》さんが、確認するように目を合わせてきて、僕はゆっくりと頷《うなず》く。

もともと隠していたわけではない。話していなかっただけだ。

いつか話さなくてはならないし、だとしたら、今だろう。

「有葉《あるは》くんの姉、在原夜見子《ありはらよみこ》はね。3年前に失踪しているんだ」

「そ、そんな……」

そう。

姉さんは、3年前に、いなくなった。

〈私には、やらなくてはならないことがあるの〉

それだけ、言い残して。

僕にはそれがなんなのか、わからない。思い当たる節はひとつもなかった。何度も思い出して見たけれど、思い浮かぶのは、姉さんの優しい笑顔だけだ。

もともとあまり多くを語らない人だったけれど、あんなふうにいなくなるなんて、思ってもみなかった。

どうしようもなく確かなのは、僕がたったひとり、置いていかれたという事実だけだ。

「……私がなんの研究をしているか、話したことはなかったね。私がやっているのは、夜見子《よみこ》が残していった研究の断片を引き継ぎ、完成させることだ」

「姉さんの⁉」

初耳だった。姉さんが、悪魔を研究していたことは知っていた。けれど、同じゼミの佐伊《さい》さんが、それを引き継いでいたとは。

「残念だけど、夜見子《よみこ》は私に研究を託してくれたわけじゃない。私が勝手にヒントを集め、夜《よ》見子《みこ》が果たしてなにをしようとしていたのかを、突き止めようとしているだけだ」

「なんで！　姉さんはなんでいなくなったの！　どこにいるの⁉」

「まだ仮説だ。話せる段階にない。悪いけど、そこは慎重に行かせてくれ。ただ、確定まではあと一歩なんだ。そのために、事例の収集が必要――というわけだね」

「事例、って」

「うん。悪魔の事例さ」

「悪魔を祓《はら》うことが、有葉《あるは》くんのお姉さんを探すのに役立つ、ということですか？」

神妙な顔をして聞いていた衣緒花《いおか》が、そう質問する。

「ああ。私にとっても、夜見子《よみこ》は親友だったからね。私の世界は夜見子《よみこ》を中心に回っていて、いや、今も――」

佐伊《さい》さんは、そう言って窓の外を見つめた。

その瞳に一瞬浮かんだ複雑な感情を、僕は見逃さなかった。けれど、その瞳は光だけでなく、僕の目線さえも反射していて、奥をうかがうことはできない。

だとしても。

佐伊《さい》さんが姉さんを見つけ出したいと思ってくれていることは、多分、本当だ。

「状況はわかったけど。佐伊《さい》さんが自分で祓《はら》えばいいんじゃないの？」

「言っただろ？　悪魔は青春の願いの前に現れる。保健室に自分から相談に来る生徒なんて、その時点でだいぶ健康さ。実際に生徒である君たちに、実地でパトロールしてもらったほうが都合がいいんだ」

「……正直、気は進まないけど。姉さんと関係あるなら……」

「なに、君にはもうエクソシストとしての実績があるんだ、不安に思うことはないさ」

でも、と断ろうとしたところで、佐伊《さい》さんの手が、パッと動いた。

赤色の放物線を視界が捉える。次いで、喉に違和感。反射的に咳き込むが、抵抗とともに小さな塊が喉の奥を流れ落ちていく感触があった。

飲み込んでしまったのがグミのクマだということに気づくのに、数秒かかった。

「イェーイ。3点シュート」

「ごほっ、な、なにするのさ！」

「いや、開いてたからつい」

「ついじゃないよ！　0点どころか反則だよ！」

「まあまあ、とにかくそういうわけだ。頼んだよ、エクソシストくん」

そう言ってひらひらと手を振りながら、佐伊《さい》さんはソファに体を預けて、ゲームを手に取る。およそ場に似つかわしくない軽快なBGMが鳴って、カチカチとボタンを押す音が聞こえてきた。

これは、もう話は終わり、という佐伊《さい》さんの合図だ。

こうなると、もうなにを言っても無駄である。

「もう！　行こう、衣緒花《いおか》」

「え、は、はい」

僕は大きな溜息《ためいき》をつくと、戸惑う衣緒花《いおか》と一緒にその場を後にした。

味を知る前に飲み込んでしまったクマが、まだ喉のどこかに引っかかっているような、違和感を抱えながら。

■

佐伊《さい》さんの家を後にすると、すっかり外は暗くなっていた。これくらいの時期になると、日が落ちるのはどんどん早くなる。冷たい空気が忍び寄るように肌を撫《な》でて、僕は身震いした。

青白いというよりは緑色に近い街灯の光の中を、僕たちはしばらく歩く。

そのうち、押し黙っていた衣緒花《いおか》が、急に立ち止まった。

僕が振り返ると、彼女はうつむいたまま、口を開く。

「有葉《あるは》くん。私、考えていたのですけれど」

「なに?」

「私もエクソシストになります」

「……は?」

「私が一緒に悪魔を祓《はら》うと言っているのです」

そして顔を上げた彼女は、まっすぐに僕を見た。

「いや、ダメに決まってるじゃないか」

「どうしてですか! 一度悪魔を克服しているのです、私の力が必要でしょう」

「危ないからだよ!」

「それは有葉《あるは》くんも同じです。忘れたんですか? その、私が、どうなったか」

忘れたわけではない。だからだ。

アリーナで燃え上がった衣緒花《いおか》。悪魔の――トカゲの姿になった彼女。

いったんは、そんな脅威も祓《はら》うことができた。危険から救うことができた。だからこそ、再び同じ場所に飛び込ませるわけにはいかない。

「姉さんが関係あるなら、僕の問題だし。衣緒花《いおか》を巻き込むわけにはいかないよ」

「そんな理屈!」

「それに、衣緒花《いおか》は他にやることが山積みでしょ」

「私だって……っ……」

急、だった。

発されるはずの言葉の端が、揺れて消えて。

彼女の体が、アスファルトの上に崩れ落ちそうになる。

考えるより先に手が伸びて、彼女の腕を摑《つか》んでいた。引っ張り上げるようなかたちで、なんとか助け起こす。

「衣緒花《いおか》！　大丈夫⁉」

「……すみません。ちょっと、体の感覚がおかしいときがあって……」

もしかして、また悪魔だろうか。トカゲはさっき封じたはずなのに。

慌てて目の前で揺れる彼女の首に手を当てる。熱を発していないのを確認するのと、衣緒花《いおか》が小さく声を漏らすのは、ほとんど同時だった。

「んっ」

「あ、ご、ごめん」

しまった、と思いながら、すぐに手を離す。急に首筋に触れられたら、それは不快だろう。

「いえ……でも、熱くないでしょう」

「それは……そうみたいだね」

彼女が気にしてはいなさそうなことと、どうやら悪魔の活動ではないらしいという二重の意味で胸を撫《な》で下《お》ろしているうちに、衣緒花《いおか》は体に力を取り戻し、自分の力で立っていた。しかしその足取りは、まだ不安な感じがする。

「忙しいんじゃないの。ちゃんと寝てる？」

「誰に向かって聞いているんですか。自己管理も仕事のうちです」

「自己管理、ね……？」

「さ、最近はちゃんと、家も綺麗《きれい》にしてるんですから！」

僕の含みに、衣緒花《いおか》はきちんと気づいて打ち返す。本当に綺麗《きれい》にしているとはにわかに信じがたいが、ゴミくらいはちゃんと出していてほしいものだと切に願う。

「食事は？」

「そ、それは、まあ、あまり変わっていないですけど……」

自分で言っておいて、清水《しみず》さんみたいだなと思った。いつもコンビニで買ったサラダと鶏肉《とりにく》という極端な食事ばかりしているのは、手間と体質と体作りのバランスから言えば仕方がない面もあるのだろう。しかしふらつくようであれば、たまにはもうすこしちゃんとしたものを食べたほうがいい。

「今度、衣緒花《いおか》の家でなにか作ろうか。倒れたら大変だし」

どうせ暇だから、と続けるつもりだったのだが、衣緒花《いおか》がきょとんとしていたので、逆に虚をつかれてしまった。

「え、僕変なこと言った……？」

「作ってくれるって、本当ですか？　というか、有葉《あるは》くん、料理なんかできたんですね？」

「ああ、そういうことか」

僕は衣緒花《いおか》の驚きに納得する。確かに、料理が得意そうな顔はしていないかもしれない。

「昔から家族が喜んでくれたから、なんとなく作る習慣があって。今は別に、作ったりしなくてもいいんだけどね。つい」

「そう、ですか」

家族、と言ったので、姉さんのことを気にしてくれたのだろう、衣緒花《いおか》の薄い唇に、力が入る。僕は気まずい空気にしたくなくて、つとめて明るく話を進めた。

「なにか食べたいものある？　そんなに凝ったものが作れるわけじゃないけど、リクエストあったら聞くよ」

「え、っと……か……」

「か？」

「からあげ……」

「からあげ⁉」

予想外の単語に、僕は聞き返してしまう。

「や、やっぱりいいです！　その、揚げ物は作るのが大変という噂《うわさ》も聞いているので！」

ぶんぶんと両手を振って後ずさる衣緒花《いおか》に、今度は僕がきょとんとする番だった。

「噂《うわさ》のレベルなんだ……。いや、というか、単にカロリーの心配してた」

「そ、そのぶん走りますから！」

「走ってからあげを相殺《そうさい》するのは大変だよ。無理はよくないって。まあ……たまにはからあげくらい食べてもいいんじゃないって思うけど」

揚げ物を作るのも、たまになら大変というほどでもない、と言おうとして、僕は衣緒花《いおか》の真剣な表情に驚く。

「……どうしたの、黙り込んで」

「有葉《あるは》くん。その……私にしてほしいことって、ありますか？」

いきなりよくわからない質問を受けて、僕は再び面食らってしまった。

「え、なに、急に」

「そのままの、意味ですけど」

衣緒花《いおか》はどういうわけか、思いつめたような顔をしている。

僕はその真意を測りかねながらも、質問の答えを考えてみる。

「うーん……」

衣緒花《いおか》に、してほしいこと。

してほしいこと……。

「ちょっと、変なこと考えてません⁉」

「今そう言われるまでは考えてなかったのに！」

「責任転嫁《てんか》しないでください！」

彼女の発言で、いろいろなことが脳裏をよぎってしまったことは事実である。もとからそう考えていたわけではない。断じて。衣緒花《いおか》が変なことを言うからだ。

しかし、そういう諸々《もろもろ》の想像が本当に衣緒花《いおか》にしてほしいことかと言われると、そうは思えなかった。

僕は頬の火照《ほて》りを冷やし、少し考えて、そして答えを出す。

「……本当に、具合がよくないならちゃんと休んでほしくて。その、モデルの仕事に全力を出すなら、体調崩したら本末転倒だしさ」

本心なのだが、衣緒花《いおか》はしかし、不満そうに口を尖《とが》らせる。

「……有葉《あるは》くんって、変ですよね」

「え」

「いつも人の心配ばかりして。有葉《あるは》くんには、やりたいこととか、ないんですか？」

「あ、あるよ……」

「へぇ、なんです？」

「えっと、今は言いたくない、っていうか……」

「私が聞いているのです。逃がしませんよ」

食い下がる衣緒花《いおか》に、僕は溜息《ためいき》をついてしまう。こうなると、もう引き下がらないことを僕はよく知っている。

やりたいこと。そんなものはない。

もしかしたら心の底ではあるのかもしれない。でも考えようとすると、いつも頭に霧がかかったようにぼうっとしてしまう。そして見失ってしまう。自分の今の場所も、行くべき先も。

世界はあまりに複雑で、未来は千々に乱れている。

星ひとつない、嵐の夜のように。

「……姉さんはさ。やることがある、って言っていなくなったんだ」

僕は、そのときの姉さんの顔を思い出す。

決意に満ちた、その瞳を。

「僕には、やるべきこととか、やりたいこととか、そういうのはないよ。うまく言えないけど、ただ、ここにいるので、精一杯っていうかさ」

僕がそう言うと、衣緒花《いおか》は静かに目を伏せた。まるで金属をこすり合わせる不快な音に耐えるように、眉をぎゅっと寄せている。

僕の答えが彼女の欲しかったものでないことは、自分でもわかっていた。

思わず姉さんのことを引き合いに出してしまったのは卑怯《ひきょう》だった。けれどそれ以上追求されてしまったら、腹の中で渦巻いているどろどろしたものが、飛び出てしまいそうだったのだ。

やりたいことはないのか、と衣緒花《いおか》は聞いた。

彼女には、やりたいことがある。いや、なすべきことがある。生きる目的がある。そういうものは、僕にはない。エクソシストというのも、結局は頼まれたから目の前の困りごとに対処しているだけにすぎない。佐伊《さい》さんが強引に頼んでこなかったら、こんな危険なことをもう一度引き受けたりはしなかった。

だからこうして、僕は衣緒花《いおか》の周りをぐるぐると周っている。

僕がつい彼女の世話を焼いてしまうのは、本当は衣緒花《いおか》のためではない。自分の軸がないからだ。そうしないと、どこかに飛んでいってしまうからだ。

そんな僕のことを、衣緒花《いおか》が気にかけてくれていることにも気づいている。

でもそのたび、申し訳ない気持ちでいっぱいになる。

僕には、彼女に助けてもらうようなことはなにもないのだ。

どこに向かうか、ゴールも定まっていないのだから。

ときどき、考えることがある。

こんなふうに衣緒花《いおか》の隣にいるのは、よくないことなのではないかと。

衣緒花《いおか》はたぶん、僕に負い目を感じている。自信家で高慢である以上に、本当は優しい心を持った彼女は、僕に助けられたと思っている。実際には彼女は自分で悪魔を克服したのだけれど、責任感の強さがそう感じさせていることも理解している。

その弱みに、僕はつけこんでいるのではないだろうか。

衣緒花《いおか》の近くにいると何者かになれたような気がして、それが心地よくて、だから僕はこうして彼女の側を離れずにいるのではないだろうか。

前にロズィに、写真を撮られたことを思い出す。僕みたいな冴《さ》えない人間でも、それが男子生徒であれば、ああいうリスクも常に付きまとうことになる。それをわかっていてなお、さも衣緒花《いおか》のためだからというように世話を焼くのは、ただの偽善だ。

姉さんのことを、いや、僕の気持ちを、慮《おもんぱか》ってもらう資格なんてないのだ。

「あの、有葉《あるは》くん。ごめんなさい。私――」

小さくそう言って、衣緒花《いおか》の手が動いたのが見えた。

それが目に入ったとき、僕は反射的に自分の手を引いていた。

「あ……」

ゆっくりと戻ったその手が、ぎゅっとスカートを握ったことに、僕は気づいていた。

この世界は複雑すぎて、僕には見えないことばかりだ。

そして見えていることにさえ、僕はうまく対応できない。

「ごめん。衣緒花《いおか》には関係ないから。大丈夫」

自分でも思った以上の強さで放たれたその言葉は衣緒花《いおか》にぶつかると、跳ね返って夜の中に消えていった。それが彼女に痛みを与えたのかどうか、僕にはわからない。

「……とにかくさ。一度休みなよ」

「はい。そうします」

聞こえないくらいか細い返事が消えていったあと、僕たちは無言で歩いた。

彼女の髪飾りに宿るトカゲがこちらを見ているような、そんな気がした。

そうして衣緒花《いおか》を家に送り届けると、僕は自分の帰路についた。

歩きながら、まばらな星空を見上げる。

たぶん、僕はどこまで行っても、惑星なのだと思う。自ら輝く星ではなく、その周囲を回る存在。中心を探して惑いながら、同じことを繰り返す。何度も、何度も。

僕は、衣緒花《いおか》とは、違う。

足に当たった石ころは、音も立てずに跳ねて、排水口の闇の奥へと消えていった。

第3章　不思議の国のサバス

翌日、いつものように学校に行くと、衣緒花《いおか》が相変わらず、隣の席に陣取っていた。

今日はなんだか調子がよさそうで、組んだ足の先をぴょんぴょんと上下に動かしながら、自分の手を眺めている。

彼女の爪は、いつも驚くほど整っている。健康的な血の色が透けるピンクは、先のほうで白い帯に彩《いろど》られている。そのすべてがつやつやと光っていて、まるで10個の宝石のようだ。派手なネイルの類が施されているのを見たことがないのは、きっといろいろな服に対応するためなのだと思う。

しかし、それを見ているうちに、僕はあることに気づく。

そのうちのひとつの先が、少し欠けていた。どこかに引っ掛けでもしたのだろうか。いつも完璧に整えられた衣緒花《いおか》に生まれたそのかすかな隙を、僕は不思議に思う。

「衣緒花《いおか》、大丈夫なの？」

「え、ええ。この通り！」

力こぶをつくった二の腕をおどけて叩《たた》いてみせる仕草は妙に明るく、どことなく彼女らしくない感じがした。いつもは鉄柱でも入っているのかと思われる背筋が、今日はやや丸い気がする。疲れていて空元気なのだろうかと心配したが顔の血色はよく、昨日はあった疲労の影が、今は消えているように思われた。

いったいどういうことなのか聞こうとして、僕はあることに気づく。

衣緒花《いおか》の髪。

そこについていたのは。

あの石の髪飾り、ではなかった。

本体についた小さなモチーフは、円から細長いふたつの楕円《だえん》が突き出ていた。その輪郭の側には、ふたつの点が横並びに打たれている。つやつやとした素材は、ガラスなのかプラスチックなのか判別がつかない。

確かにわかるのは、それがウサギをかたどっているということだ。

「それ……」

「あ、ヘアピン、ですか？」

「うん。いつものやつと違うなって……」

「え、ええ。たまには気分を変えてみようと思って。どうです？　似合います？」

彼女の誤魔化すような笑い方に、僕は混乱した。

あの髪飾りには、悪魔を封じたばかりだ。なのに、なぜ今別のものをつけているのだろう。いや待て、よく考えればなくしたり捨てたりしないようにとは言われたが、身に着けているようにとは言われていない。やっぱり怖くて置いてきたのだろうか。けれど昨日はちゃんと髪に戻して帰ったはずだ。なら、別の理由がある？

思考が回り道をしていることに、僕は薄々気がついていた。もっと考えるべき自然な可能性を、無意識に避けている。

あれは悪魔が封じられているのと同時に、僕があげた髪飾りだ。

原因は、そっちなんじゃないのか。

それが心の底ではわかっているから、こんなにも動揺しているんじゃないのか。

僕は昨日のことを思い出す。

彼女の優しさと思いやりを、僕は苛立《いらだ》ちで返してしまった。姉さんにも衣緒花《いおか》にもあるものが、自分にはないという苛立《いらだ》ち。些細《ささい》なことかもしれないが、八つ当たりだったという自覚はある。それが彼女を傷つけた――いや、どちらかといえばきっと、失望させたのだろう。

そうでなければ、悪魔が憑《つ》いている髪飾りなんて怖いので置いてきました、と言えばいいだけの話だ。

「あのさ。昨日のことなんだけど」

「昨日……なんのことですか？」

「ごめん」

「ええと、なにがです？」

「いや、ちょっと言い方がよくなかったかなって。そんなつもりじゃなかったんだ」

「……あ、あー。あのことですか。はいはい、なるほど。そうですね。いえ、気にしないでください。私はぜんぜん気にしていませんから。ね」

そして今度は目が泳ぎ、口元は引きつっていた。

やっぱり様子がおかしい。

これでは、なんというか、そう。

答え合わせじゃないか。

「違うんだ、衣緒花《いおか》、僕は――」

いったい、なにが違うというのだろうか。

自分でも苦し紛れだとわかっている弁明は、しかし途中で遮られる。

「よっす」

振り向くと、そこにいたのはウミ先輩だった。

その姿に、僕は慌てて口を閉じる。

「お、今日は衣緒花《いおか》ちゃんいるじゃん。やったね」

重い前髪が揺れて、嬉《うれ》しそうに口《くち》の端《は》が上がる。

怖い、というほどではないけれど、この人を前にすると独特の圧迫感を感じる。それはきっと背が高いからだけではない。なんだかひとつひとつの動作が大きいのだ。悠々と海を泳ぐ捕食者、という風情《ふぜい》。

そう、この人はどちらかといえば、衣緒花《いおか》と同じ側だ。

周りのことをあまり気にしていないという意味では、むしろロズィに似ているかもしれない。

「ウミ先輩。なにかご用事ですか？」

明るく愛想《あいそ》よく、衣緒花《いおか》は尋ねる。さっきまでの気まずさは、すっかり消えてしまっていた。あるいは、あえて空気を変えようとしたのか。

「お、ウミ先輩、だって。衣緒花《いおか》ちゃんにあだ名認知されてるの嬉《うれ》しすぎるな」

そんな微妙な雰囲気など知る由《よし》もなく、ウミ先輩はニコニコ喜んでいる。見た目はひねくれていそうだが、意外と素直な人なのかもしれない。

「っと、そうじゃなくて。三雨《みう》来てないから見に来たんだけど、あいつ休み？」

「……そういえば」

僕は隣の席を見る。本来そこにいるはずの三雨《みう》は当然おらず、衣緒花《いおか》と目が合う。

「大変、風邪で寝込んでいるのかもしれませんね」

口元に手を当てて、衣緒花《いおか》はそう声をあげる。

その反応はちょっと大袈裟な気もしたが、珍しい、とは思った。三雨《みう》は見た目に反して意外と真面目で、毎日きっかり同じ時間に登校してくる。そしてこれまた不健康そうな雰囲気とは裏腹に、まったく健康優良児そのものなのだ。少なくとも知り合ってから、風邪を引いて学校を休んだことはなかったはずだ。

「なんか聞いてる？　連絡くらいしろって感じだけど」

ウミ先輩は眉を寄せて唸《うな》る。

「いえ。僕も気になるので、今連絡してみます」

「ふーん……あのさ、お前らって、仲いい？」

「いつも連絡すると1分以内にロックの名言を交えた返事が送られてはきますね……」

「え、あいつお前にそんなことしてんの？」

ウミ先輩はちょっと驚いた様子だったが、その表情はすぐに引っ込む。

「いやいや、だからそうじゃなくて。文化祭近いのわかってんのかあいつ」

苛立《いらだ》ちを隠そうともせず、ウミ先輩は大きな溜息《ためいき》をついた。

僕はちょっとだけ反発を覚える。体調が悪いかもしれないのに、なにもそんな言い方をしなくてもよいのではないだろうか。

「お前さ。三雨《みう》の家知ってる？」

「まあ、一応」

その気持ちをさとられないように、できるだけ事務的に僕は答える。三雨《みう》の家については、前にロックの雑誌やら本やらを貸してくれるときに、玄関先まで行ったことがあった。重くて学校まで持っていくのは大変だからという理由で、渡された紙袋はかなりの重さであったことを覚えている。

借りた諸々には一応ちゃんと目を通したものの、内容が十分理解できたとは言いがたく、曖昧な感想ばかりしか言えなくて申し訳ないと思った記憶がある。

「じゃ、これ届けてくんない？」

そんな思い出を、突き出されたウミ先輩の手が貫《と》く。

手渡されたのは、左上が小さなクリップで留められた、コピー用紙の薄い束だった。大きく書かれたタイトルの下には線が引かれた四角い箱が並んで、黒い点やら数字やらが並んでいた。なにが書いてあるのかはさっぱりだったが、これがなんなのかは理解できる。

「楽譜、ですよね」

ウミ先輩は腕を組んで、足の先でトントンと床を叩《たた》く。

「そ。文化祭でやるやつ。一日でも練習しないと。マジで学校休んでる場合じゃないんだって。あいつわかってんのかな……」

「でも、体調が悪いなら練習どころじゃ……」

「もう文化祭の日は決まってるんだから、気合でどうにかするしかないだろそんなの」

自分の中で、反発が二重になるのを感じる。

気合でどうにかなれば苦労はしない、と思うのだが。

「そういうわけで、悪いけどよろしく。じゃなー」

「あっ、ちょっと!」

無理やり手渡された楽譜を手に、僕は呆然《ぼうぜん》としてしまう。

「……学校休んでるのに、押しかけるわけにもいかないと思うんだけどな……」

というか、自分で行けばいいと思うのだが。なぜ僕に頼むのか、よく理解できない。

うーん、と唸ると、衣緒花は僕が乗り気でないことを察したらしかった。

「お休みなんて心配じゃないですか。様子を見に行ってあげてください」

「でも、今日はナラテルの新店舗を見に行くって……」

それは前々から衣緒花《いおか》が楽しみにしていた予定だった。なんでも手塚照汰《てづかてるた》が気合を入れて作っていて、かなり変わった内装になっているらしい。招待されたレセプションには別の仕事で行けないと言って、たいそう悔しがっていたのを覚えている。

当然有葉《あるは》くんも行きますよね、というようないつもの感じで、僕も一緒に行くことになっていたはずなのだが。

「あ……それですか」

彼女の表情が、複雑に曇る。

「いいんです。三雨《みう》さんのところに、行ってあげてください」

「……わかった」

僕は反論することもできず、そのまま引き受けることにする。

だって、聞けるわけがない。僕と一緒に行きたくなくなったの、なんて、自意識過剰にもほどがある。僕はそもそもが無関係で、そのほうが自然なのだから。

「ごめんね、衣緒花《いおか》。埋め合わせはするよ」

「別にいいですよ」

衣緒花《いおか》はそう言って、自分の手に目線を戻した。わずかな中に苛立《いらだ》ちを含んだその声が、魚の骨のように、いつまでも喉に刺さっていた。

■

三雨《みう》の家は、線路沿いの一軒家である。

距離は学校から歩いて40分ほどで、歩けないとは言えないが、そこそこの距離に感じる。三《み》雨《う》は確か原付通学だったような気がするな、と思っていたら、やはり三雨《みう》のものらしい赤い原付が停《と》められていて、自分の記憶が間違っていなかったことを確認する。この距離なら自転車でもいいような気がするが、わざわざ原付に乗る趣味っぽいところが三雨《みう》らしい。家の前に設けられた車を停《と》めるスペースには小さな原付以外になにもなく、妙に広く感じられた。

僕は郵便受けの隣のインターホンを押す。ピンポンという電子音からしばらく待つと、あまり性能のよくなさそうなスピーカーから、割れた声が響いた。

「はい」

誰かわからないその声に、ちょっと緊張しながら答える。

「あの、クラスメイトの在原有葉《ありはらあるは》ですけど。ちょっと頼まれたものがあって……」

「いっ、今行く！」

そこまで聞いて、応対したのが三雨《みう》だったのだと安心する。

ドタバタとする気配に続いてドアがゆっくりと開くと、中から三雨《みう》が顔を出した。

大きなフロントジップのパーカーのフードを被《かぶ》って、その下にはニットの帽子を身に着けている。どうもこの着込みようからすると、本当に風邪らしい。

「ごめん、急に。大丈夫？」

「あ、うん！　元気！　それで？」

「これ、ウミ先輩だっけ。あの人から、楽譜」

差し出された紙を受け取る三雨《みう》の顔が、曇ったのがわかった。

「ん、文化祭のやつだよね……」

「ええと……練習来ないから心配してたよ」

そのままの様子を伝えるのはなんとなくはばかられて、僕は少し濁した言い方をしてしまう。

「……ボクのこと怒ってたでしょ」

「まあ、ちょっとね」

「はぁー……そうなんだよねぇー……」

自分の嘘《うそ》のへたさ——いや嘘《うそ》というほどではないが——に辟易《へきえき》しながらも、なんとか誤魔化すことを試みてみる。

「その、それもあるんだけど。急に休んだから心配して様子を見に来たんだ」

「えへへ。ありがとね」

「まあでも、元気そうでよかった。明日は来るよね？」

「ん……」

「じゃ、また」

とりあえず目的は果たしたので、背を向けて帰ろうとするが。

見えない力に押し返され、なぜか前に進むことができなかった。

いや、僕は押されているのではなく。

引かれていたのだ。

振り返ると、三雨《みう》がその小さな手で、僕の服を摑《つか》んでいた。

「えっと、有葉《あるは》さ。ちょっと相談があるんだけど」

「相談？」

「ここじゃ言えないから、入ってくれる？」

「い、いいけど……」

相談。三雨《みう》が、僕に？

思い返してみたが、彼女が僕に話すのは、ロックのことばかりだった。相談なんて、想像もつかない。好きなバンドが解散でもしたのだろうか。しかし、それにしては雰囲気が深刻すぎるような気がする。

僕はドアについた大きなバー状のハンドルを彼女の手から引き継いで、恐る恐る中に入った。

家の中は、三雨《みう》の匂いがした。

ハーブのような、草っぽい香り。もしかしたら紅茶の匂いかもしれない。なんだか落ち着く匂いだった。三雨《みう》はここで暮らしていて、家族もきっとみんな同じ匂いなのだと思うと、なんだか不思議な感じがする。

三雨《みう》は先に廊下に立って僕を待っている。靴を脱ぐために視線が下がって、ふと、彼女が短めのスカートに素足であることに気がつく。足の先は飾り気のないスリッパに突っ込まれている。上の着込みようからするとどうにもアンバランスだ。

「お邪魔しまーす……」

おそるおそるあたりを見回しながら玄関をあがる僕を見て、三雨《みう》は笑った。

「パパもママもいないから、気にしなくていいよ」

「う、うーん……そういうものか……」

ファッションモデルにとってランウェイを歩くことが一大事だとするならば、ミュージシャンにとってライブに出ることは確かに重要かもしれない。

「でも最近血中ロック濃度下がっちゃってて、モチベーション上がってなかったから」

「謎の概念が出てきた」

「今度さ。好きなバンドのライブがあるんだよね。一緒に行ってくれる？　そしたら練習がんばれそうな気がするし、きっと願いも叶《かな》うと思う！」

「どういう理屈なの」

「ロックンロールがはじまるのは理屈じゃないって、清志郎《キヨシロー》も言ってるでしょ！」

「毎回誰かわからないんだよな三雨《みう》の引用は……」

とはいえ、彼女の身の周りの様子を知らなくては、先に進めそうにない。

まったくエクソシストというやつは、どうしてこうも他人に振り回される羽目になるのだろうか。

いや、もしかしたらそれは僕自身の性分なのかもしれないとも思う。こうして周りに翻弄されがちなのは、悪魔云々《うんぬん》以前に、たぶん僕に軸がないからなのだろう。

衣緒花《いおか》が服を愛するように、三雨《みう》がロックに傾くように、僕にもなにか、取り組むべきことがあるとしたら。

もしかしたらそれは、悪魔を祓《はら》うことなのかもしれない。

僕は三雨《みう》の耳に目をやった。本来存在しえないそれは、本当に体の一部であることを主張するようにぴょこぴょこと動いている。

とはいえ、そういうことを抜きにしたとしても。

友達が困っているのなら、助けたい。

それが自分の中にある、素直な気持ちだった。

「まあ、仕方ないか」

「やった！　約束ね！」

たとえ異形になっていても、はしゃぐ三雨《みう》の瞳は、いつもとなにも変わらない。

それだけで、こんな悪魔祓《ばら》いもあってもいいのではないかと、思ってしまう自分がいた。

■

電話がかかってきたのは、三雨《みう》と別れて、自分の家に帰ってからだった。

あのあとさんざん予習と称して音楽を聞かされて、開放されるころには夜になっていた。

その間、変わったことはまったく起きなかった。頭の上でぴょこぴょこと揺れる彼女の耳にも、なんだか慣れてしまった感すらある。強いて言うなら三雨《みう》がいつもよりはしゃいでいたが、いくらでもロックを布教できる大義名分に恵まれたのだ、アクセル全開になるほうが平常運転というものだろう。

帰宅すると、僕はあらためて、自室を見渡す。

この部屋には、なにもない。

もちろん、生活する上で必要なものは揃《そろ》っている。机があり、椅子があり、ベッドがあり、教科書を並べておく棚がある。昔の自分が気に入っていたであろう、よくわからないおもちゃやぬいぐるみが棚に置いてさえある。

でも、それをいくら眺めてみても、なんだか自分のものだという気がしなかった。

なんとなくそこにあるだけのものたち。

それはきっと、自分で選んだという実感がないからだ。

スマートフォンがブーンと震えたのは、殺風景な机の上に置いた直後だった。

ディスプレイには、清水《しみず》さんの名前が表示されている。まったく忙しい日だ、と思いながら、僕は緑の通話ボタンをタップする。

「少年。今少し話してもいいだろうか」

「清水《しみず》さん。なにかありましたか？」

あれから時折、清水《しみず》さんから僕に連絡が入るようになっていた。清水《しみず》さんとしては衣緒花《いおか》の様子が知りたいし、衣緒花《いおか》は清水《しみず》さんに細かく様子を聞かれるのは鬱陶しい。奇妙に利害が一致した結果、どういうわけか僕が間に入ることになってしまった。衣緒花《いおか》本人からは、様子は伝えて構わないと言われている。単にいちいち応対するのが面倒ということだろう。

かくして僕は、モデルの様子をマネージャーに報告する謎の立場となっているのだった。

それも今の状況では、かなり気が重いのだが。

清水《しみず》さんはなにも知らない以上、僕もいつも通りにするしかない。

「最近、衣緒花《いおか》の様子が変なのだが、なにか知らないか？」

僕はその質問に、どきりとする。

ちょっとぎくしゃくしているんです、なんて言えるはずもない。

いや、いくら清水《しみず》さんでもそんなことまで察知しているわけではないだろう。僕は気を取り直して、落ち着いて質問に答える。

「ええと、疲れてそうな雰囲気はあった気がします。でも学校には来てますよ」

「そうか……ナラテルの新店舗の件、聞いているか？」

「ええ、なんとなく」

「今日、レセプションの埋め合わせで顔を出すと衣緒花《いおか》が言っていたのだが、どうも手塚照汰《てづかてるた》が待っていたらしい」

「よかったですね。衣緒花《いおか》、喜んでいたでしょう」

「それが、あの子は行かなかったようなんだ」

「え⁉」

僕は慌てる。

確かに僕は、三雨《みう》の様子を見に行くことを優先した。しかし衣緒花《いおか》が行かない理由はないはずだ。

「私も正直驚いた。先方と事前にすり合わせた予定ではないから問題があるわけではないし、自分の気まぐれだから気にしないと手塚《てづか》氏は笑っていたが……」

「らしくないですね」

「君もそう思うか。もしかしたら、よほど疲れているのかもしれない」

「……かもしれません」

「手塚照汰《てづかてるた》が衣緒花《いおか》を気に入っている。ナラテルのデザイナー肝いりとなれば影響力は大きい。仕事が増えているときの管理こそ、マネージャーの腕の見せどころだが……」

「衣緒花《いおか》が仕事をセーブするわけはありませんからね……」

「オフを提案しても、一件でも多く仕事がしたいとなかなか聞き入れてくれなくてな……体を壊しては元も子もないと言っているのに……まったくあの子は……」

「僕も休んだほうがよいとは言いました」

「ちゃんと食べているのだろうか。俺が毎食作って届けてもいいのだが、あまり干渉するとあの子は嫌な顔をするし……」

「清水《しみず》さんの気持ちは、十分すぎるほど伝わっているとは思いますけどね……」

フォローしてはみたものの、マネージャーが毎食手作り弁当を家まで届けに来たらかなり圧があるよなとは思う。衣緒花《いおか》が清水《しみず》さんには感謝しつつもそっとしておいてほしいと思うのも、正直わからなくはない。

「……気になるのは、それでもしばしば出歩いているようではあるんだ。街中にひとりでいるところをファンが撮影した写真を、幾つもSNSで確認している。そしてそのうちのほとんどが、服と関係ない場所だ。性格からして仮病はないだろうが、妙だとは思わないか」

この人は、ストーカーの才能があるのではないだろうか。清水《しみず》さんがその能力をマネージャーとして活《い》かしてくれていてよかったと心から思う。

それはそれとして、言わんとしていることは察することができた。

「体調不良はストレスが原因かも、ってことですか」

「今のところ、それがもっとも整合的だ」

清水《しみず》さんはそこまで言うと、ふむ、と一呼吸置いた。

「すまない。君には妙に話しすぎてしまう」

もう一度大きく溜息《ためいき》をついて、清水《しみず》さんは結論を出した。

「やはり強制的に仕事をブロックして休みを取らせよう。俺も連絡しないようにしておく。その間、できたら君が少し付き合ってやってくれると嬉《うれ》しい」

「いえ、待ってください、それは……」

「確かに人目は煩わしいだろうが、場所を選べばデートくらいできるだろう」

「デート……」

その言葉に、一瞬間を開けてしまう。

それを敏感に察して、清水《しみず》さんは困ったような声を出した。

「デリカシーのない言い方だったかもしれない。要はストレスが原因なら、君が話し相手になってくれれば彼女もリラックスできるだろう、ということだ」

「そうじゃなくて」

「どういうことだ?」

「ええと……ほら、その、僕が付き合わされるときって、結局全部仕事がらみというか、服のことだから、息抜きにはならないんじゃないですかね」

「あー……」

説明に窮した苦し紛れの言い訳だったが、それを聞いて清水《しみず》さんは長い、長い声をあげた。

納得のあまり思わず素に戻ってしまったようだった。

「想像つくでしょう。なんでも仕事にしてしまいますからね、衣緒花《いおか》は」

「しかしまあなんだ、できるだけ関係ないことに誘ってみるというのはどうだろう」

「動物園に行けば毛皮の話をするし、映画を見に行けば衣装の話をしますよ、きっと」

僕と清水《しみず》さんは、同時に溜息《ためいき》をついた。マイクとスピーカーのあいだを、同じ音が循環する。

そしてそれは、同じひとりの女の子に向けられているのだ。

「それでもひとりでいるよりはいいだろう。声をかけてみてやってほしい」

「わかりましたけど、期待はしないでください」

「仕事をまっとうするためなら、俺はどんな手段も取る。しかし、それでも俺にできることとできないことがある」

「できないこと、ですか」

「ああ。今は君の力を借りたい」

「いえ……」

「頼んだぞ、少年」

そう力強く言い残して、清水《しみず》さんは通話を切った。

衣緒花《いおか》のために、僕にしかできないこと。

それは、なかなか重みのある言葉だった。マネージャーに言われると、特に。

僕はベッドに転がって、天上を見上げる。ＬＥＤの丸いシーリングライトが、満月みたいに白く光っていた。

清水《しみず》さんにああは言ったものの、衣緒花《いおか》はロズィと一緒に出かければよいのではないかという気はずっとしている。一時はあったふたりのあいだの緊張関係は、かえってお互いのことを知ったゆえの友情に変わりつつあるように僕には見える。年齢は数歳離れているにせよ、同じモデル仲間といたほうが、いろいろ学ぶこともあるだろう。今となっては、彼女の活躍をいちばん間近で見ているのは、ロズィなのではないだろうか。

衣緒花《いおか》はいろいろ理由をつけて僕のことを連れ回そうとするけれど。

それって、なんでなんだろう。

自分に都合のいい仮説なんて、いくらでも思いつく。でも、そういう妄想を信じてしまわないくらいには、僕は分別があるつもりだった。

なにより、今の僕には、彼女は眩《まぶ》しすぎる。

それでも。

もし衣緒花《いおか》のために、できることがあるなら。

彼女の願いを叶《かな》える力になれるのなら。

僕は。

〈衣緒花《いおか》。今度、一緒に出かけよう。できるだけ、服と関係ないところに〉

けれど、僕は気づいていなかった。

このとき、悪魔がもう、すぐそばにいたことに。

第4章 常に現在の運動状態を保とうとする性質

「えへへ、お待たせ」

その日、待ち合わせ場所に現れたのは、いつもより気合の入った三雨《みう》だった。

あれから数日経《すうじつた》ったが、衣緒花《いおか》とは結局連絡がつかなかった。そもそもメッセージを読んだ形跡もない。やはり体調が悪いのか——あるいはやはり、僕とは顔を合わせたくないのかもしれない。心配になって家まで行こうと思ったが、どうにも足が重かった。

もし、彼女の家を訪れたとして。

私はオフなんです、なのにどうして有葉《あるは》くんと出歩かないといけないんですか。

そう言われてしまったら、どんな顔をすればいいかわからない。

なににせよ、衣緒花《いおか》を誘ったあとでこうして三雨《みう》と出かけているのは、ちょっと複雑な気持ちもあるのだが、あくまで彼女の悪魔を祓《はら》わなくてはならないのだから仕方がないと、自分に言い聞かせる。これはエクソシストとしての仕事なのだ。頼まれたのだから仕方がない。そのはずだ。

「来ないかと思った」

「ごめんごめん。ちょっと張り切っちゃって」

待ち合わせにたっぷり30分遅れて来た三雨《みう》の服装は、たしかに張り切っていた。

黒でまとめられたカラーこそいつもの三雨《みう》らしいものの、ブラウスの胸元には大きなリボンが飾られていて、スカートの端にはフリルがついている。心なしか、いつもより目がぱっちりしているような気もする。

頭には大きめのキャスケットを被《かぶ》っていて、たぶん耳はその中に畳まれている。うまく隠されていて、パッと見たくらいでは違和感はない。

「後ろ、大丈夫？」

三雨《みう》は体を捻《ひね》りお尻を気にする素振りをするが、本人からは見えないだろう。確認すると、多少盛り上がっていなくもないが、変というほどではない。大きく見えるあの尻尾のほとんどがふわふわした毛であることを、触った僕は知っている。

「大丈夫だと思うよ。耳もうまく隠れてる」

「よかった！　でも、ずっとこのままかもしれないんだよね……どこかでなにか起きてるかもしれないわけだし……ねえ、有葉？」

そう言いながら、彼女は僕の顔を覗き込む。

まるでなにかを期待するように。

「そうならないために、僕がいるから。ちゃんと調べるよ。なにが起きているのか、どうやったら祓《はら》えるのか。今は僕が君の、エクソシストだから」

できるだけ力強く放ったその言葉を受け取って、三雨《みう》は嬉しそうに笑った。

「うん！　ありがと！」

血中ロック濃度の補給、とかいうよくわからない理由がどれくらい切実なのか、僕にはよくわからない。それも含めて、僕としては三雨《みう》の様子を聞くつもりで来た。三雨《みう》に憑《つ》いている悪魔については、まだほとんどなにもわかっていない。とにかく情報を集めなくては。

けれど、こんなに気合を入れられてしまったら。

まるでそれこそ、デートみたいじゃないか。

うっかり衣緒花《いおか》に出くわしてしまったらどうしよう、という考えがよぎり、自己嫌悪《けんお》に陥る。だとしても、別に問題ないはずだ。これはあくまで、悪魔祓《ばら》いなのだから。

「行こ、有葉《あるは》！」

彼女は駅に背を向けると、軽快な足取りで跳ねるように進んでいく。その体に憑いているものの重さなんて、関係ないというふうに。考えようによっては、その様子はウサギらしいのかもしれないが。

僕は呼吸を整えると、歩き出した三雨《みう》のあとに続いた。

「ボクね。ライブに一緒に来るの夢だったんだ」

「誰かと行きたいって言ってたっけ？」

「はー、それくらいの認識だよね……」

「ごめん。ロックそのものには、すごく興味あるってわけじゃないからさ」

そもそも、逆巻市《さかまきし》にライブハウスがあることも知らなかったくらいなのだ。当然、これから聞きに行くバンドのことも、三雨《みう》に聞かされた付け焼き刃の情報以外はなにも知らない。

「ふーん、ロックそのものには、ね。じゃなになら興味があるの？」

「それは……」

僕は言いよどんでしまう。

「ほ、ほら、悪魔を祓《はら》わないといけないから……それが大事っていうか……」

誤魔化しながら、僕は自分で自分がわからなくなってくる。

いったいなにを焦《あせ》っているんだ。

「そうだよ。ボクはなんていったって悪魔に憑《つ》かれてるんだから。もっとボクのこと、興味持ってよね！」

三雨《みう》はそう言うと、鼻を鳴らして胸を張った。

「だから何度も言ってるじゃないか。悪魔はそんなに甘いものじゃないって――」

「いいのいいの。行こ！」

そう言って、三雨《みう》は僕の手を引いていく。ごく自然に、当たり前のように。

つんのめりそうになりながら、上機嫌な三雨《みう》についていく。

友達って、こういうものだっただろうか。

あるいは、悪魔祓《ばら》いって、これでいいのだろうか。

歩きながら彼女の手の柔らかな感触が気まずくなって、話題を振ってみる。

「ライブって行ったことないけど、激しかったりする？」

「ううん。イナーシャはそういうバンドじゃないから」

「ちょっと安心した」

それは本心だった。しかし、改めてそのバンドの名前を聞くと、気になることも出てくる。

「でも、メジャーデビューしたって言ってなかった？　よく急にチケットなんか取れたね」

「あ、ええと、うん。まあ、ボクくらい詳しいと、いろいろ手に入れる方法はあるわけよ！」

「なるほど……？」

「さて、ついたよ！」

よくわからないままに、僕はライブハウスの前に立っていた。

いや、多分、そのはずだった。

目の前にあるのはごくごく普通のビルだった。目立つ赤い看板には確かに事前に聞いたライブハウスの名前が書いてあるが、思っていたのとはずいぶん違う感じだった。しかし三雨《みう》は物怖《お》じすることなく、ビルに入っていく。貼られた指示に従って広くない廊下を歩き階段を上っていくと、やがて受付、と書かれた小さなカウンターにたどり着く。

周りのポスターやら張り紙やらの情報量に圧倒されているうちに、三雨《みう》は手際《てぎわ》よくチケットを渡して、代わりに半券となにか別の紙を受け取っていた。

そして。

まるで潜水艦みたいな重そうな扉を三雨《みう》が全身で開けると。

そこは確かに、ライブハウスだった。

座席などがあるわけではなく、開けたスペースになっている。もうそれなりの人がいて、思い思いになにかを飲んだり、談笑したりしていた。ステージの前に設けられた巨大なバーを見て、ここに人が押しかけるのだろうか、と少し不安になる。そういうバンドじゃない、という三雨《みう》の言葉が本当ならいいのだけど。

「有葉《あるは》は前のほう行きたいとかある？」

「特にないけど。三雨《みう》は近いほうがいいんじゃないの？」

「ううん。ボクは後ろのほうで腕組んで見る派」

「どういう派閥なんだ……」

「けっこうメジャーな派閥だよ？　さて、なに飲む？」

「え？」

三雨《みう》について後ろのほうに移動すると、いつの間にかバーカウンターの前に立っていた。T

シャツを着たスタッフが、その明るい髪の色に不釣り合いなほど無表情に立っている。

三雨《みう》がひらひらと手を振ると、そこにはさっき受付でもらった紙が揺れていた。

理解できない、という顔をしていたのだろう、三雨《みう》は親切に説明をしてくれる。

「このドリンクチケットで飲み物頼むの。そういうシステムなんだよ」

「ライブハウスにもシステムがあるんだ」

「へえ？　ロックのくせに資本主義のシステムに迎合しているのが気に入らないと、有葉《あるは》はそう言いたいわけ？」

「いやぜんぜんそうではない」

「ライブハウスの経営だって大変なんだから！　みんなが集まって演奏できる場所がロックを育てるんだよ！」

「だからぜんぜんそうではないってば」

「イナーシャだってそうだよ。ここはイナーシャがはじめてライブをしたライブハウス。メジャーデビューからのまさに凱旋《がいせん》なんだ」

「あれ、逆巻市《さかまきし》出身なんだ」

「そう！　イナーシャのボーカルってうちの高校出身だよ？　知ってた？」

「いや逆に知ってると思う……？」

「ごめんごめん。そうだよね。衣緒花《いおか》ちゃんのこともろくに知らなかったもん」

「そうなんだよな……」

そんなことを話しているうちに、後ろに人が並んでしまった。僕は気づかず話し続ける三雨《みう》を肘でつつくと、彼女はようやくドリンクのメニューに目を走らせた。

「で、有葉《あるは》はなに飲む？」

「えーっと……じゃ、三雨《みう》と同じやつ」

三雨《みう》がなんらか注文をして、無表情な店員は眉ひとつ動かさないまま、透明なプラスチックのカップに飲み物を入れて手渡す。それを受け取った三雨《みう》はカウンターの前から離れて並んでいた人に道を譲ってから、僕にカップを手渡した。

「はい」

「ありがとう」

中には限りなく黒に近い茶色の、シュワシュワした炭酸飲料が注がれている。コーラ——だと思ったのだが、匂いが明らかに違う。

「……なにこれ」

「え？　ドクペ」

「ドクぺってなに」

「ドクターペッパー」

三雨《みう》はさも当たり前というようにそう言い放って、飲み物に口をつける。

「ボクはいつもこれなの。おいしいよ」

「ドクターって……薬かなにか？　大丈夫なのこれ」

「もう、一緒のでいいって言ったじゃんかよー。いらないならちょうだい」

「いや、飲む、飲むよ」

本当に飲み物を取り上げそうな勢いで手を伸ばす三雨《みう》から、僕はドクターペッパーとやらを遠ざける。

自然と体が近づいて、三雨《みう》が僕の胸にぶつかる。

「あっ……」

転びそうになった彼女は、そのまま片手で僕にしがみついて、僕はそれを、反射的に片手で抱きとめる。

「ご、ごめん、有葉《あるは》」

見上げる三雨《みう》の顔が、近い。

彼女の丸い目はまるでガラス玉のようで。

そこには、僕が映っている。

「……転んだら危ないよ。その、耳が出ちゃうかもしれないし」

「う、うん。ありがと……」

なんだかそこに、奇妙な罪悪感を感じて、僕は目を逸《そ》らす。

やがて、そんな微妙な空気を、叩《たた》き壊《こわ》すようにして。

ギターの音と歓声が、響き渡った。

■

ライブが終わって、僕たちはビルの外に出た。興奮冷めやらぬ観客に混ざっていると、なんだか体温が数度上がったような感じがする。

音楽を聞いたあとの夜の空気は、さっきまでとはまるで違って感じられた。

うーん、とひとつ伸びをしてから、三雨《みう》は駅のほうに向かって歩き出す。

「有葉《あるは》。……どうだった？」

「なんか、すごかった……」

「でしょ!?」

「ボーカルの人が特にすごかった」

「でしょでしょ!?」

まるで自分が褒められたように、三雨《みう》は飛び跳ねる。

すごかった、というのは、まったくの本心だった。三雨《みう》にさんざん曲を聞かされたときには正直言って今ひとつピンときていなかったのだが、目の前で聞くとこうも違うのかと思い知らされる。うまいかへたかでいえば、録音されたもののほうが、きっと整っているのだろう。なのに何度も聞いた同じ曲が、歌詞の意味さえまるで違って響いた。

伝わる、というのは、きっとこういうことを言うのだろう。

「……〈イナーシャ〉ってさ。一度動き出したら、絶対に止まらないって意味なんだって。最初はメンバーがぜんぜん集まらなかったり入れ替わったりしてすごく苦労したんだけど、自分を信じてくれる人がいるからがんばれるんだって、インタビューで言ってた。なんていうか、さ。そういうところも憧れるんだよね」

そう語る三雨《みう》は、今までに見たことのない表情をしていた。

そのすべてが読み取れたわけではないけれど、彼女がライブというものに、並々ならぬ思い入れがあるのは間違いないと思った。

僕は彼女の悪魔を、祓《はら》わなくてはならない。

彼女の願いがなんなのかを、はっきりさせなくてはならなかった。

「三雨《みう》ってさ。なんでロックが好きなの？」

「愚問だね、有葉《あるは》。ボクは生まれる前からウィー・ウィル・ロック・ユーのリズムでママのお腹《なか》を蹴ってたから。右足二回、左足一回」

「絶対ママさん痛かったと思う。……いや、そうじゃなくてさ。真面目に」

「真面目にかぁ……」

街灯の光が彼女の横顔を照らして、お酒を飲んだ人たちが騒ぐ声が遠くに聞こえる。

三雨《みう》はしばらく考えてから、そっと。

「……なんかね。ロックって、みんなあきらめないんだよね」

「あきらめない？」

「うん。気に入らないことはぶっ飛ばすし、違うってことは違うって言うしさ。世界平和なんて、絶対叶《かな》いっこないようなこと掲げたりして。イナーシャだってそう。いろいろあるけど、それでもあきらめないで、前に進もうって。そういうふうに、ボクには聞こえるんだ」

前に進むこと。確かに、そんな力強さを感じさせる音楽だった。

僕はふと、衣緒花《いおか》のことを思い出す。

ティラノサウルスの歩み。

その力強さに、あの音楽は似ているかもしれない。

「……ボク、なんでも中途半端《ちゅうとはんぱ》で。自分にそんなに、自信ないからさ。そういう感じに、なりたいなって……。でも、ダメなんだよね。形ばっかりでぜんぜん中身ないからボクは」

三雨《みう》の声は、だんだん街の喧騒《けんそう》の中に消えていきそうになる。

ロックを語るいつもの調子とは、まるで違っていて。

どうしようもなく、頼りなく感じられた。

「三雨《みう》はさ。文化祭のライブが心配って言ってたよね」

「あ、うん……。人前で演奏って、実はしたことないし……」

「え、そうなんだ？　軽音楽部にいるのに？」

「いや、ボク、今までそういうの避けてきたんだ。でも、今年は文化祭、ウミくんがどうしてもって」

僕はウミ先輩の尖《とが》った歯を思い出す。自分で誘っておいて、その上で三雨《みう》を急《せ》かしている、ということだろうか。だとしたら、あの態度はちょっと身勝手な気もする。

「なんで急に」

「わかんない」

三雨《みう》は首を振る。本当に心当たりがなさそうだ。

「一応、うんって言ったんだけど。どうしても、うまくできなくて。それで逃げ出したくなっちゃってさ。ウミくんには迷惑かけてて。怒るのも当然なんだよね」

当然、ということはないと思う。無理やり参加させられたのなら、尚更《なおさら》だ。

「ええと、僕からウミ先輩に話す？」

少し考えてから、三雨《みう》は首を横に振った。

「……ホントはね。ボクも、やってみたいと思って引き受けたんだ」

「それなら、まあ、話は別だけど」

「でも、ちょっと問題があってさ」

「問題って？」

「ギターはなんとかなるんだけど。歌がね……」

自信なさそうに、三雨《みう》は言う。

なんとなく、わかってきたような気がする。

三雨《みう》はロックを愛している。自分が演奏することにも憧れている。ウミ先輩がなにを考えているのかはともかくとして、その気持ちが彼女に依頼を引き受けさせた。しかし、やっぱりプレッシャーがあってうまくいかない。そういうことなんじゃないか。

悪魔がどのような現象を引き起こしているのかはまだわからないにせよ、その周辺になにかが起きている可能性が高い。

いや、もしかしたら、ウサギの姿になることそのものが、彼女の願いなのではないだろうか。そう考えれば、他に別段の現象が起きていないことも説明がつく。人前に出なくて済むというかたちで、悪魔がそれを叶《かな》えているとしたら——

僕は鼓動が速くなるのを感じた。

答えに、近づいている。少しずつ。

衣緒花《いおか》がこれだという服の組み合わせを見つけたとき、三雨《みう》が好きなバンドの新曲を聞いたとき、もしかしたらこういう気持ちなのかもしれない、と思う。

そう、今の僕は、紛《まが》うことなき、エクソシストだ。

「もし三雨《みう》の願いが、人前でうまく演奏したい、ってことなら、それを叶《かな》えるのが僕の役割だと思ってる」

「じゃあ、じゃあさ！　歌の練習付き合ってくれる!?」

「いいよ、もちろん」

僕がそう言うと、三雨《みう》の顔がまるでライブハウスの照明みたいに明るくなる。

そして再び、三雨《みう》が僕の手を引いて。

「行こう！」

「い、今から!?」

僕たちは再び、夜の街に身を溶かした。

背筋を駆け上がる背徳感には、気づかないようにして。

■

彼女の慣れた足取りについていくうちに、カラオケ館、と書かれた青い看板を掲げた店に着いた。中に入ると、三雨《みう》は受付とやり取りをして手続きを済ませる。

なにやら伝票のようなものを受け取り、彼女は店の奥に入っていく。それを追いかけると、気がつけば小さな個室にたどり着いていた。

ると、三雨《みう》は自分の部屋のようにぼすんと腰を下ろして、大きく重そ

る。

僕歌いたかったら歌っていいよ。この機種はそこそこマニアックな曲も入ってるし」

「いや、歌わないけど。機種とかあるんだ？」

「そりゃあるでしょ」

「知らないよ、来たことないもの」

がたんと機械がテーブルの上に落ちる大きな音がした。

「そんなことある⁉」

「電子機器落としちゃダメでしょ」

「ごめん——じゃなくて！　本当に来たことないの⁉」

「わざわざ来なくない？」

「いや、ボクはけっこうひとりで来るんだけど……まあ有葉《あるは》は確かに来なさそう……」

「軽音楽部の人とじゃなくて？」

「ないない。ありえない」

「仲良さそうだったけど」

「あ、いや、えーと、うん、そうじゃなくて、なんていうか……」

三雨《みう》が急にしどろもどろになって、僕は首をかしげる。

あまり詳しいわけではないが、カラオケにはなんとなく、みんなでワイワイと過ごす場所、というイメージがある。ひとりでカラオケに来るというのは、それなりに歌うことは好きなのではないかという気がする。

「まあ……すぐわかるよ」

陰りのある表情で、三雨《みう》はそうつぶやく。それから再び機械を操作する。

僕がどういう意味なのか尋ねようとする前に、イントロが流れてきて、僕は黙った。

音はずいぶん変わってしまっていたけれど、特徴的なギターはすぐにわかった。

それは、さっき聞いた曲のうちの、ひとつだった。

画面に目をやると、曲名の下に、イナーシャ、と書かれている。

「じゃ、いくよ」

そして三雨《みう》は大きく息を吸うと、歌い出した。

■

曲が終わる。

ぶるべくもなく、録音と比べてもどこか薄い伴奏は、狭いカラオケの壁にぶつかり消えていく。

　僕は神妙な面持ちで、黒い合皮のソファに座ったままで。

　三雨《みう》はマイクを握りしめたままその場に立って、僕の言葉を、じっと待っていた。

「……文化祭って、いつだっけ」

「一カ月後」

「一カ月後か……」

　なんと言ったものかわからずうつむく僕を見て、三雨《みう》は言葉を促す。

「有葉《あるは》！　正直に！」

「いや、でも、プロじゃないんだし、文化祭を楽しめば……」

「逆に傷つく！」

「……ごめん」

　三雨《みう》は僕の隣にどすんと座ると、テーブルにつっぷした。

「……大丈夫。ボク、自分でもわかってるから」

　結論としては。

　三雨《みう》のそれは、歌とさえ呼べなかった。

　うまいとかへたとか、そういう次元ですらない。ひたすらにかすれた声は、まるで喘息《ぜんそく》のようだ。言葉は聞き取れず、音程もあるかどうか怪しいくらいだ。それはもう、本当に、聞いているだけで苦しくて。

　もはや、音楽、ではなかった。

「その、さ。いつもこうなの?」

「どうしても、人前で歌うってなると苦しくなって、声が出なくなっちゃって。ひとりのときは、そうでもないいんだけど。誰かが聞いてると思うと、どうしてもダメなんだよね……」

　三雨《みう》はゆっくりと体を起こすと、苦しそうにソファに体を預ける。

「先生とかにも何度か習ってみたんだけど……最初に歌うとさ。みんな、あっ、って顔するんだよね。だいたいの人は優しく教えてくれるんだけど。でも、言われた通りにやってるつもりなのに、ぜんぜんよくならなくて。先生も苦労してるの、わかっちゃってさ。申し訳なくて。どんどん声が出なくなっていっちゃって……」

　三雨《みう》は膝を抱えて丸くなる。きゅっと縮んだ彼女の体は、そのまま小さくなって、消えてしまうのではないかと思った。

「……ボク、たくさんバンド見てるからさ。わかるんだよね。自分には才能ないって。最初からなんでもできちゃう人って、いるんだよ。衣緒花《いおか》ちゃんみたいに」

　その名前に、僕は反射的に反論してしまう。

「衣緒花《いおか》は、努力の人だよ。最初からできたわけじゃ……」

　その瞬間。

カチッと、なにかを踏んだ音がした気がした。

その感触に気づいたときには、もう遅く。

三雨《みう》の声が、抑えた圧力を帯びる。

「……ボクが努力してないって言いたいの?」

「そ、そうじゃないって!」

ソファに手をついて身を乗り出す彼女は、その目線を、刃物のように僕に突きつける。

「高校生なのにもうプロでさ。ファッションショーに出てさ。あんなに話題になってさ。すごいよね。音楽の世界だってそういう人いっぱいいるよ。イナーシャだってそう。なのにボクは、文化祭でさえ、ちゃんとできない。人が聞いて不快じゃない声さえまともに出せない!」

炭酸の入った飲み物みたいに、ぷつぷつと彼女の声が泡立っていく。言葉のひとつひとつが、浮かび上がるたび小さく破裂する。

「焦《あせ》ることないよ。別に文化祭にこだわらなくったって……」

そして僕がいくら蓋をしようとしても、泡は大きくなっていく。

沸騰するように、ぼこぼこと。

「ダメなの! ボクには時間がないの!」

「どうしてだよ。衣緒花《いおか》だって、最初はうまくいかなかったって言ってた。焦《あせ》らず、ゆっくり変わっていけば——」

「衣緒花《いおか》ちゃん衣緒花《いおか》ちゃんって！　なんでそんなこと言うの⁉」

「待ってよ。最初に引き合いに出したのは三雨《みう》でしょ。そもそも衣緒花《いおか》になんの関係が……」

気がつくと、僕は壁際《かべぎわ》に追い詰められていて。

ソファを這《は》ってきた三雨《みう》が、すぐそばにいた。

「そんなの……そんなの……ボクは……！」

思えば、僕はもっと前に気づくべきだったのだ。

ロック。

出たことがない文化祭。

したことがない人前での演奏。

衣緒花《いおか》に向ける感情。

歌えない歌。

そして、僕がどうして、ここにいるのか。

「有葉《あるは》が……有葉《あるは》が好きだからに決まってるじゃん！」

静けさが、部屋に満ちた。

決壊した感情は、津波のようになって。

遠くの歌声と喧騒《けんそう》を押し流していく。

帽子が落ちる軽い音がして、頭の上の長い耳があらわになって。

三雨《みう》の目には、やっぱり僕が、映っていた。

「え……」

言葉にならない声が漏れる。それがスイッチになったみたいに、三雨《みう》の表情は、いきなり我に返る。飛び退《しさ》るように距離を取って、顔をそむけて片手をぶんぶんと振っている。

「あ……ごめん！　今のなし！　なし！」

「ま、待ってよ。なしって言われても……」

その態度が、なによりの証拠になってしまっていた。聞き間違いとか、聞こえなかったとか、そんなふうに誤魔化すことはできそうにない。

三雨《みう》は両手で顔を覆って、うつむいている。

「あーもう、死にたい……なんで言っちゃったんだろ……言うにしても……こんな勢いじゃなくて……なんかもっとさ……」

思わず、僕は確認してしまう。

「……本当、なの？」

「本当、です……」

「い、いつから？」

三雨《みう》は拳でぐりぐりと両目をこすると、目を逸《そ》らしながら、ぽつぽつと話はじめる。

「……あの、覚えてるかわかんないけど、ギター倒れそうになったときあったじゃない？」

「覚えてるよ。四月の最初でしょ」

「あのときから、ずっと……」

ずっと。

それは、思っても見なかった、重みのある言葉だった。

これまで積み上げてきたなにもかもが、流れに飲み込まれて浮かび上がる。

すべての出来事の意味が、組み変わっていく。

「有葉《あるは》がギター助けてくれて、嬉《うれ》しかった。……その後も、有葉《あるは》はロックなんか興味ないのに、ボクの話、ずっと聞いてくれて。そんなふうにさ。ちゃんと話聞いてくれたの、有葉《あるは》だけだったから……そんなのずっとされたらさ……好きに、なっちゃうでしょ……」

その声は、だんだんと消え入りそうになっていく。しかしボリュームに反してはっきりした発音からは、彼女の意志の確かさを感じることができた。

「ホントはね。有葉《あるは》のこと誘おうと思って、チケットずっと前から買ってたんだ。でも、衣緒《いお》花《か》ちゃんが大変になって、話せなくなっちゃって……」

「ごめん。なんて言ったらいいのか……」

それはもはや、なにに対しての謝罪かわからなかった。

でもなぜか、僕はそうせずにはいられなかった。

答えることなく、三雨《みう》は僕との距離を詰める。

「有葉《あるは》は、ボクのこと、好き?」

「ええと……」

言いよどんでしまう。頭の中がぐちゃぐちゃで、なにも考えられなかった。

「わかってるよ。有葉《あるは》は衣緒花《いおか》ちゃんのことが好きなんでしょ」

「そんなんじゃ……」

その名前の響きが、頭の中に砂を流し込むように、徐々に重みを増し、僕を支配していく。

衣緒花《いおか》。

そして、考えてしまう。

僕は、衣緒花《いおか》のことが、好きなのだろうか?

でも、と思う。

僕はずっと三雨《みう》と過ごしてきた。毎日学校で顔を合わせ、他愛のない話をした。学校生活を思い出すと、いつも聞こえてくるのは彼女の声だった。

三雨《みう》のことが、大切だと思う気持ちはある。それは間違いない。エクソシストを続けることには抵抗したけれど、もし憑《つ》かれるのが三雨《みう》だと最初からわかっていたなら、僕はもっと素直に引き受けただろう。そして今もこうして、エクソシストとしてここにいる。

いや、違う。

そのつもりだったのは、僕だけだ。

三雨《みう》は、ずっと。

好きな人といるつもりで、一日を過ごしてきたのだ。

そんなことにも気づかずに、僕は。

僕の曖昧な沈黙を、三雨《みう》は、答えとして受け取る。

「……当然だよ。みんな衣緒花《いおか》ちゃんが好きだよ。困るよね。ボクなんかに好きって言われたって……誰もボクのことなんか好きにならないよ」

「三雨《みう》……」

言葉がなかった。そうだとも違うとも言えなかった。ただ、目の前にいる三雨《みう》と、ここにはいない衣緒花《いおか》が、順番に僕を苛《さいな》む。内蔵を引きずり出されるような痛みが、体を走る。

「だから、ボクは有葉《あるは》が好きになってくれるボクになりたい。衣緒花《いおか》ちゃんみたいに、かっこよくなりたい。ステージに立って、最高の演奏して……それで……」

「そんなことしなくたって、僕は……」

「僕は？　有葉《あるは》は、なんなの？　ボクのこと、好きになってくれるの？」

「それは……」

「ねぇ。ここでキスしてよ」

思わずした反論、予想外の言葉で反撃される。

僕の心は撃たれた鹿のように、血を流して頼りなくよろけた。

「衣緒花《いおか》ちゃんとキス、した？」

「したわけないだろ！」

「じゃボクとして」

「む、無理だよ」

迫ってくる三雨《みう》を、僕は両手で押し戻す。長い耳が揺れて、そのすがるような目が、僕をどこまでも追いかけてくる。

「なら、どうしたらボクのこと、好きになってくれるの？　どうすればいい？　キスじゃ足りない？　有葉《あるは》がしたいこと、なんでもするよ」

「ダメだよ、そんな！」

「なにがダメなの？　ここじゃ嫌なら、ボクの家でも、有葉《あるは》の家でもいいよ。それとも……ウサギの姿じゃ、気持ち悪い？」

「そうじゃなくって！」

「ダメじゃないよ。ボクは――有葉《あるは》のこと、好きだから」

考えてみれば、答えは簡単なのではないかという気がする。

三雨《みう》のことが好きなのかもしれないという気持ちは、僕の中に、拭いがたく存在している。

一緒に過ごして苦ではなく、彼女の話を聞くのは楽しくさえある。

それははっきりした感情ではないけれど、きっと恋のはじめは、案外そんなものだったりするのかもしれない。告白されて、自分の気持ちに気づいて、キスをして、それから。いろいろな未来のイメージが駆け巡る。僕が今ここで頷《うなず》けば、それは遅かれ早かれ現実になるだろう。それも後ろめたい欲望の解消としてではなく、前向きな絆《きずな》の結実として、最良の形で。

三雨《みう》はそう望んでいる。

おそらくは、切実に。

そしてそれを、僕は叶《かな》えることができる。

ならば、彼女の願いは叶《かな》えられるべきなのではないだろうか。

そこまで考えて、僕は気づく。

気づいてしまう。

「……三雨《みう》。その、もしかして、なんだけど……」

「うん。ボクも今、気づいちゃった。多分、そうだと思う」

悪魔を祓《はら》う、たったひとつの方法。

叶えるべき、その願いは。

「有葉《あるは》。ボクと……付き合ってください」

第5章　ジャックダニエルとシャーリーテンプル

その日の夜。僕はバーを訪れていた。

バーというのは、お酒を飲むあのバーのことである。駅の近くに指定されたその場所は、外から中が一切見えない店で、ドアを開ける勇気が出るまで前を右往左往してしまった。

ようやっとその茶色いドアに手をかけて中をのぞくと、そこは想像したとおりの、絵に描いたようなバーだった。いや、僕はそもそも、絵に描かれたバーしか見たことがない。カウンターには席が並び、蝶《ちょう》ネクタイを身に着けた人が立っている。きっとあれが、バーテンダーというやつだろう。もしカウンターに座った佐伊《さい》さんがすぐに声をかけてくれていなければ、僕はそのまま踵《きびす》を返《かえ》して逃げ出したかもしれない。

「やあやあ、こっちだよ。座りたまえ」

手招きされ促されるままに、カウンターに座る佐伊《さい》さんの隣に腰掛ける。やたら背が高い椅子に面食らいながら、どうにも場違いな気がしてあたりをきょろきょろと見回してしまう。

「えっと、佐伊《さい》さんって、こういうところよく来るの？」

「んー、たまにね。私だって、エタノールという安価で合法なダウナー系薬剤を服用したいときもあるのさ。おまけにたいへん文化的で美味ときている。素晴らしいと思わないかい？」

佐伊《さい》さんの手元に目をやると、八角形の背が低くて口の広いグラスが置かれていた。琥珀《こはく》色の液体に、どうやって作ったのかわからないまんまるの氷が浮く。隣の小さな皿には、茶色い粉がまぶされたサイコロみたいな食べ物が積まれている。多分、チョコレート、だと思う。お酒と合うイメージはぜんぜんないから、もしかしたら違うものかもしれないけれど。もしかしてお酒も甘いのだろうか。目に入るものすべてが見慣れなくて、緊張してしまう。

「いや、よくわからないよ。大丈夫なの？　僕、未成年だけど」

「えっ、飲酒するつもりなのかい？　バレなきゃいいかもだけど、あんまりオススメしないなあ」

「佐伊《さい》さんが飲ませるつもりなのか聞いてるんだよ」

「は、誰に向かって口をきいてるんだ。私は先生だよ？」

「あらゆる水準で信用できない」

「まあまあ、好きなものを頼みなよ。今日くらいは大人らしく、あるいは姉の友人らしく、悩める弟くんに奢《おご》ってあげようじゃないか」

そう言われて手渡されたメニューを見てみる。黒い分厚いカバーに収まった中身は文字ばかりで写真もなく、どうにも目が滑る。

「こういうときってさ。なにを頼めばいいの？」

「食べ物は、そうだな、私がオススメを適当に頼んでおこう。アレルギーがないのは知ってるけど、嫌いなものとかあったっけ？」

「特にないよ。なんでも食べる」

「ソフトドリンクはここだけど」

「んーと……なんでもいいから頼んでくれる？」

佐伊《さい》さんは軽く肩をすくめると、周りの雑音にかき消されない、かといって声を張るでもない絶妙な音量で、バーテンダーに注文を済ませた。

「……ありがとう」

「おや、今日はずいぶんと素直だね」

グラスを傾けながら、そんなふうに僕を茶化す。中に浮いた氷がゆっくりと回転して、液体から顔を出す表面が複雑に光を反射していた。

日頃はお菓子を食べながらゲームをしているところしか見ていないけれど、その仕草を見て、本当に大人なんだな、と実感する。

「いや、その、呼び出したのは僕だし」

「年上の女性をバーに呼び出すなんて、なかなかやるじゃないか」

「いや場所を決めたのは佐伊《さい》さんでしょ！　もう酔ってない？」

「ん、実はお酒にはたいへん弱くてね。でも強いお酒の味が好きで、いつもすぐ酔ってしまう。夜見子《よみこ》にもよく笑われたものさ」

そう笑って、もう一度お酒に口をつける。照明が暖色だから気づかなかったけれど、言われてみると頬が赤いかもしれない。

「姉さんが……」

「……ごめんごめん。話を逸《そ》らすつもりじゃなかったんだ。ちゃんと聞くよ」

佐伊《さい》さんがそう言ってくれたところで、バーテンダーが僕の目の前に飲み物を置いた。無言のその人に軽く会釈《えしゃく》をするが、目を合わせただけでなにも言わなかった。細長いグラスに明るい赤の液体が注がれていて、端には薄く切ったオレンジが飾られている。

「なに、これ」

「飲んでごらん」

「本当にお酒じゃない？」

「違うってば」

おそるおそる口をつけてみると、不思議な香りが広がった。しゅわりとして炭酸を感じるが、単なるジュースではない。なのにフルーツの甘味も感じる。経験したことのない味だった。

「……おいしい」

「だろう？　お酒が入っていなくたって、おいしい飲み物はあるのさ」

「それで、なにがあったんだい？」

「ええと……」

僕はストローから口を離すと、これまでの経緯を、順番に説明した。

衣緒花《いおか》とのあいだに微妙な距離があること。どう接したらいいのかわからないこと。連絡がつかないこと。三雨《みう》と出かけたこと。告白されたこと。

些細《ささい》なことが悪魔と関係しているかもしれないから、手当たりしだいに全部話した——というのが言い訳だということは、自分でわかっていた。

もうなにもかもが僕の手に負えなくて、とても混乱していた。誰か信頼できる人に相談しないと、自分がバラバラになってしまいそうだったのだ。

そう、その意味では、僕は佐伊《さい》さんを信頼しているのだな、と思う。

佐伊《さい》さんは静かに、僕の話を聞いてくれた。時折グラスに口をつけるがほんの少しずつで、ぜんぜん減っているようには見えない。

話し終わるのに、けっこうな時間が必要だったと思う。積まれたチョコレートのピラミッドは、ずいぶん低くなっていた。

「……なるほど。三雨《みう》くんの願いは君と付き合うこと、か」

佐伊《さい》さんは、頭の中で整理するように、指先でくるくるとお酒に浮いた氷を回した。

僕はその氷を、ぐっと喉に押し込まれたように感じる。付き合う。改めて言葉にされると、たいへん居心地の悪いものだ。

「で、なんて答えたの?」

「考えさせてほしい、って……」

「その場で押し倒さなかったのはえらいと褒めてあげよう」

「押し……そんなことしないよ!」

「カラオケボックスはだいたい監視カメラあるからね。あんまりやんちゃしちゃダメだよ」

「だからしないってば!」

佐伊《さい》さんは溜息《ためいき》まじりに小さく笑って、それから真剣な表情をした。

「まあ、願い自体はありうる話だね。恋愛なんて、思い通りにならないものの筆頭だ。はるか昔から、無数に請《こ》われてきた願いさ。対応する悪魔の種類もある程度絞れてくる。13番、15番、あるいは34番とか」

「でも、ウサギの悪魔はいなかった気が……」

「よく勉強してるじゃないか、さすが私の弟子だ。でも、獣の姿は現象ではなく憑《つ》かれた側に依存するからね。よくある記述と一致するとはかぎらない。まあ特定の悪魔と結びつきやすい欲望というものもあって、そういう場合は動物の様子から絞れてくる場合もある。フェネクスとか、オセとかね。でも、今回はちょっとわかりやすすぎるな」

「どういうこと?」

僕が聞くと、佐伊《さい》さんはとんでもないことを言い出す。

「ウサギは多産と豊穣《ほうじょう》のシンボルだ。他の多くの動物と違って、一年中発情して妊娠できるから。バニーガールとか知ってるだろ?」

「……聞かなければよかった」

「はは。そういうことから目を逸《そ》らして悪魔は祓《はら》えないよ。どんな欲望だって、確かにそこにある。変に潔癖であろうとすればするほど、悪魔の餌食《えじき》になるものさ」

佐伊《さい》さんがそう言ったところで、カウンターから皿が出された。これは僕にもわかる。ピザだ。たっぷりの白いチーズに、ところどころ青っぽい色が見える。

たくさん話したのと、聞いてもらってちょっと安心したことで、急に空腹を感じる。そういえば夕食は食べていなかった。さっそく手をつけようとすると、佐伊《さい》さんに制止された。

「待て、ステイ」

「え、なんで?」

「これ」

佐伊《さい》さんが掲げていたのは、指先でつまめるくらいの小さなピッチャーだった。気づかなかったが、さっき一緒に出されたものだろう。ピザの上で傾けると、金色のとろりとした液体が、チーズの上に浮いていく。

「はちみつだよ。はい、食べていいよ」

犬みたいだなと思ったが、抗議より食欲を優先することにした。こぼさないよう慎重にスライスを口に運ぶ。甘みのあとからピザの塩味がやってきて、弾力のあるチーズからは変わった香りがした。

「はじめて食べた」

「ゴルゴンゾーラのピザなんて、そんなに珍しい食べ物じゃないだろう」

真ん中からふたつに畳んだピザを器用に齧《かじ》りながら、佐伊《さい》さんはそう笑う。

「だって家で作れないでしょ」

そう言うと、一瞬ちょっと驚いた顔をされる。それからちょっと悲しそうな笑みを浮かべると、指先をおしぼりで拭った。

「ああ、そうか。弟くんはそうだよね……」

姉さんがいなくなってから、外で食事をした記憶がほとんどなかった。もともとあまり外食しない家庭だったし、僕にもその習慣は受け継がれた。この世界にいろいろな食べ物や飲み物があるんだと知ったのは、それこそ、衣緒花《いおか》と出歩くようになってからだ。

「……話を戻そうか。事情はわかったけど、君はどうするつもりなんだい？」

「それがわからないから相談してるんじゃないか」

しかし佐伊《さい》さんは、ピザから垂れたチーズを指で生地の上に載せながら、こう言ってのける。

「付き合えばいいじゃないか」

「かんたんに言ってくれるよね⁉」

「だって、そりゃそうだろう。願いはわかった。あとはそれを叶《かな》えればいい。それだけのことじゃないか」

「いや、でも……」

反論の言葉は、すぐには出てこなかった。

三雨《みう》の悪魔を祓《はら》うためには、三雨《みう》と付き合わなくてはならない。

本人は自信なさそうにしているが、彼女は僕にないものをたくさん持っている。認めたくないけれど、欲望も、多分あると思う。カラオケボックスで、彼女の体があんなに近くにあって、なにも感じなかったわけではない。

三雨《みう》と付き合ってもいい、と僕は思っている。

仮にそうなったとして、なにかが変わるのだろうか。三雨《みう》と顔を合わせて、話して、そこに衣緒花《いおか》とロズィも加わって——今までと同じなのではないだろうか。それで悪魔が祓《はら》えれば、全員が幸せになって、丸く収まるのではないだろうか。

……いや、そうではない。そんな解決はありえない。

三雨《みう》を選ぶということは、三雨《みう》だけを選ぶということだ。彼女が衣緒花《いおか》に複雑な気持ちを向けていることはわかっている。僕が三雨《みう》だけを見ていなければ、きっと深く傷つくだろう。けれど、僕は衣緒花《いおか》と約束した。衣緒花《いおか》のことを、ずっと見ていると。その約束を、違《たが》えるわけにはいかない。

僕はエクソシストとして、三雨《みう》の悪魔を祓《はら》わなくてはならない。そして衣緒花《いおか》との約束も、果たさなくてはならない。

でも、もし衣緒花《いおか》が望んでいなかったら、どうだろう。あのときは悪魔が怖かったとして、封印できた今は、そうではないとしたら？　髪飾りを外したのは、もう目印なんて必要ないというメッセージだとしたら？

考えれば考えるほど、わからなくなる。最初から、ここには正しい答えなんてないのだ。正しさの問題ではなく、僕の気持ちの問題。

三雨《みう》への気持ちも、衣緒花《いおか》への気持ちも、どちらもネガティブなものではありえない。ふたりともを尊敬していて、両方に惹《ひ》かれている。好意を持っている、と言っていいと思う。

でもそれは、たとえば姉さんや、あるいは佐伊《さい》さんに抱く気持ちと、なにが違うのだろうか。

どういう状態になったら。

人が好きだと、そう言えるのだろうか。

「……佐伊《さい》さんはさ。人を好きになったこと、あるの？」

「いい質問だね。あるよ」

意を決した質問をあまりにも気軽なトーンで返されて、僕は拍子抜けしてしまう。

「そんなあっさり！」

「私にだって青春はあるさ。当然のことだろう？」

「なにがあったのか、聞いてもいい？」

佐伊《さい》さんは静かな深い溜息《ためいき》をつくと、グラスの水滴を指でなぞった。

「大学時代だよ。この人のためなら死んでもいいと思った」

「す、すごい」

「炎のなか瀕死《ひんし》の状態で発見された君に言われたくはないね」

それは違う、と僕は内心で反論する。

そうしなくてはならなかったから、僕がエクソシストで、衣緒花《いおか》が悪魔憑《つ》きだったからだ。好きだからとか、そういうことではない。そのはずだ。

「それは……実ったの？」

僕の質問に、佐伊《さい》さんは柔らかく笑った。

「実り、の定義によるね。結ばれなくたって花開くものがある。花が落ちたあとでしか、実らない果実がある。私の場合は、地中に埋まって芽吹くのを待つ種、といったところかな」

「よく、わからない」

「答えはひとつじゃない。可能性は開かれている、ということさ。その代わり、私たちは常に選択の責任を問われているんだ。厳しく、容赦なくね」

少し考えてみるが、難しい話だった。正直、理解できたとは言いがたい。

でも、きっとこういうことだと受け止めた。

自分で選び、結果に責任を持て――と。

その言葉を反芻するうちふと浮かんだ疑問を、僕は口にしていた。

「姉さんにも、そういうこと、あったのかな」

佐伊《さい》さんは少し驚いた顔をして、それから目を細めた。

「夜見子《よみこ》か……。夜見子《よみこ》は、そういうのはなかったよ。おとうさんとおかあさんと、とりわけ君を愛していたからね。そこに誰かが入り込む余地はなかったさ」

その目は、なんだかずっと、遠くを見ていて。

そこにいったい、どんな思い出が映っているのだろう、と思う。

姉さんの話をするとき、佐伊《さい》さんはいつも遠い目をする。

ふたりがいったいどんな関係だったのか、詳しく知っているわけではない。

僕が確かに言えるのは、同じ大学のゼミにいたということだけだ。

そのゼミが悪魔の研究をしていたということさえ、後からわかったわけだから。

けれど姉さんと佐伊《さい》さんが一緒にいるときは、なんだかいつも楽しそうだったことをぼんやりと覚えている。

こういう場所で、ふたりでお酒を飲むこともあったのだろうか。

姉さん。

いったい、どこに行ってしまったんだろう。

次の瞬間、佐伊《さい》さんの腕が伸びて、僕はふわりと抱きとめられる。

「ちょ、ちょっと佐伊《さい》さん!?」

驚いて抵抗するが、無理をすると椅子を倒しそうだったので、早めにあきらめる。

佐伊《さい》さんは、お菓子みたいな、甘い匂いがした。

「弟くん。君は夜見子《よみこ》に似ている。なんでも抱え込もうとするところがね」

体から、力が抜けていくのがわかる。

姉さん。僕のたったひとりの、家族。

「……どこに行っちゃったのかな」

「夜見子《よみこ》がやることがあるというのなら、きっとそうなんだろう。手は尽くしている。きっと見つかるさ」

「そうかな」

僕はもしかしたら、不安げな顔をしていたのかもしれない。佐伊《さい》さんは体を離し、僕の両肩に手を置くと、こう言った。

「彼女がいなくたって、君はひとりじゃない。それは覚えていてくれ」

ああ、そうだ。

この人は、一見どうしようもない大人に見えるけれど。

姉さんがいなくなってから、こうしてずっと、僕の面倒を見てきてくれたんだ。

しかしそんな感慨など知る由《よし》もなく、いや、あるいは知った上でわざと、佐伊《さい》さんはにやりと笑う。

「さて、弟くん。私のことは好きになったかい？」

「なったわけないでしょ！」

「おや、こんなに美人で胸が大きくて、しかも姉の友人なのに？」

「姉の友人は関係ないじゃないか」

「ほほう、まるで顔と胸は関係ありそうな口ぶりだね」

「そういう意味じゃないってば！」

「う～ん、悪い気はしないな。どうだい、私と一晩過ごしてみる？」

佐伊《さい》さんはそう言って、僕に流し目を送る。だが、そんなからかいはもう慣れっこだ。

「前回そう言われたときは徹夜でゲームの相手をさせられた」

「はは、よく覚えてるね、弟くん」

そう愉快そうに笑って残ったピザを手に取ると、佐伊《さい》さんは指先を器用に使って畳み、ぺろりと平らげる。

「まあ、それが答えってことだよ」

「なにが？」

「女の子の顔と胸ばっかり見てると、大事なことを見落とすってこと」

「酔ってるでしょ」

「君ほどじゃないさ」

佐伊《さい》さんがグラスを掲げると、丸い氷がカランという音を立てた。

もうピザが一枚も残っていないことに気づいたのは、その数秒後のことだった。

第6章　結ばれるなら、君と

AOHAL DEVIL 2

それから一週間。

まるで時間が凍りついてしまったみたいに、なにひとつ前に進まなかった。

三雨《みう》はあれから学校に出てこなかったし、それは衣緒花《いおか》も同様だった。一度ウミ先輩が様子を聞きに訪ねて来たが、三雨《みう》は具合が悪いようだったと誤魔化すと、ぶつぶつ言いながらも素直に引き下がった。ロズィはロズィでモデルの仕事が忙しいようで、僕にちょっかいをかける暇はないらしかった。

その静寂は、僕に考える時間をくれた。

佐伊《さい》さんは相変わらずなにも具体的なアドバイスはくれなかったけれど、話を聞いてもらってずいぶん整理された気がする。しかし問題がはっきりすればするほど、答えを出すのは難しかった。

それは本来、悪魔とは関係ない問いのはずだった。しかし、こうなってしまっては、そのことを切り離すことはできない。

僕は今すぐにでも、彼女の悪魔を祓《はら》うことができる。今すぐスマートフォンを取り出して、よろしくお願いします、と言えばミッションコンプリートだ。

それが不誠実なことはわかっている。だとしても、彼女の気持ちに応えなければ悪魔は憑《つ》いたままだという事実が、どうしても重くのしかかる。三雨《みう》に友達でいようと告げることは、彼女に悪魔に憑《つ》かれたままでいろと突きつけることと同義だからだ。

同時に、僕は衣緒花《いおか》のことを考えずにはいられなかった。

彼女に憧れる気持ちがあることからは、どうやっても逃れられない。そして、彼女を美しいと思うことからも。

ひょっとしたら、僕は単にきれいな女の子の側にいられることが嬉《うれ》しいのではないだろうか。成功したモデルの取り巻きに自らを置くことで、何者かになったような安らぎを得ているのではないか。もし悪魔が衣緒花《いおか》に憑《つ》いていなければ、僕は見向きもされなかっただろう。エクソシストだと言い張って、彼女の弱みにつけ込んで、空っぽの自分を埋め合わせている。そんな卑怯《ひきょう》な心の動きが自分にないとは、僕には言い切れなかった。もしそうだとしたら、距離ができている今の状況は、彼女にとってはよいことなのかもしれない。

何度考えても、結局問いは同じところに巡ってくる。

悪魔が憑《つ》いていなかったら、三雨《みう》と付き合おうとしただろうか。

悪魔を祓《はら》っていなかったら、衣緒花《いおか》と一緒にいられただろうか。

そう思ってしまう時点で。

僕に人を好きになる資格なんて、ない。

そんな同じ景色の中を、僕はひたすらにさまよっていた。

まるで深い森に迷い込んだヒツジのように。

「待っていましたよ、有葉《あるは》くん」

だからそう声をかけられたとき、僕は心臓が飛び出るほど驚いた。

ちょうどいつものように学校から出たところだった。聞き慣れた、けれど今やどこか懐《なつ》かしくさえ感じる声に続いて、柱の陰から彼女が姿を現した。

「い、衣緒花《いおか》!? どうしたの!?」

「どうしたもなにも、待っていたんですよ。有葉《あるは》くんのこと」

そう言って、彼女は柔らかく微笑《ほほえ》んだ。今までと変わらないその姿に、安堵《あんど》している自分がいた。少なくとも、もう関わりたくないと思われていたわけではなかったということだ。

「連絡くれれば……心配したんだよ。仕事、休みになったって聞いたし」

彼女が着ているのは、制服ではなくカジュアルな私服だった。ということは、登校していたわけではないのだろう。なのにわざわざ、学校まで来て、僕を待っていたということになる。

「え、ええ。そうなんです。実は有葉《あるは》くんに、どうしても伝えたいことがあって」

「な、なに？」

衣緒花《いおか》は跳ねるように大きな一歩を踏み出すと、ぐっと体を近づける。僕はその動きに、完全に不意をつかれてしまう。まるで反応できない僕の肩に、彼女は手を置いて。

耳元で、吐息とともに、こう囁《ささや》いた。

「今度の日曜日。一緒に出かけませんか？」

信じられない気持ちで、衣緒花《いおか》を見ると。

体を離した彼女は、ニコニコと笑っていた。

「あ、えっと、このあいだの連絡、見てくれてたんだ……？」

「このあいだの、連絡？」

「うん、一緒に出かけようと思って、その、お誘いっていうか、なんていうか」

一瞬、ぴりっとした緊張が走ったような気がした。静電気のような、一瞬の痛み。

「それって、デートのお誘いですか？」

「う、まあ、息抜き、的な？」

「そう、ですか……すみません、実はスマホの調子が悪くて。でも、私も有葉《あるは》くんと、出かけたいと思っていたので。それって私たち、同じこと考えてたってことですよね？」

「そうだね……」

彼女の目が、複雑な感情に揺れていた。けれど僕は気持ちを押さえつけるのに必死で、曖昧な返事しかできない。

嬉《うれ》しい、と思ってしまった。心配していたことはすべて杞憂《きゆう》で、彼女がこうして、僕に再び笑顔を見せてくれていることを。きっと単に疲れていて、仕事を休んで回復してきた。そしてオフを過ごす相手として、彼女は僕を選んだ。そういうことだ。

でも、浮かび上がりそうなその気持ちには、後ろめたさが重々しい鎖のように結びついている。そしてその先には、三雨《みう》が——いや、三雨《みう》についた悪魔が繋《つな》がっている。

「有葉《あるは》くん」

「な、なに⁉」

「最近、なにか変わったことはありました？」

衣緒花《いおか》の目が、光った気がした。なにもかも見透かすような、その目。

僕はいつだって、嘘《うそ》がうまくつけない。

それでも。

「いや、なにもないよ。大丈夫」

三雨《みう》の願いは僕と付き合うことで、告白されて、返事を待たせている——なんて、言えるわけがない。それが三雨《みう》に対する配慮なのか、自分の身を守るためなのか、自分でも判別がつかないとしても。

「……なら、日曜日、一時に駅でいいですか？」

「わ、わかった」

「楽しみにしていますね。では、私は用事がありますので」

にっこりと微笑《ほほえ》んで、彼女は僕に背を向ける。

揺れながら遠ざかる彼女の長い黒髪を見つめているうちに、あることに気づいてしまう。

本当なら、真っ先に見るべきことを、僕は見落としていた。

彼女がつけていたのは、いったいどの髪飾りだっただろうか？

■

「お待たせしました」

僕がそれを確認できたのは、当日、衣緒花《いおか》が待ち合わせ場所にあらわれてからだった。

珍しく10分ほど遅れて現れた彼女は、少し雰囲気が違っていた。

雰囲気というのは、特に服のことだ。いつもの彼女は、一見すると普通なのだけれど、どこかしらにさりげなく変わったところのある服を着ていることが多かった。でも今は、ずいぶんかわいらしさが強調された感じだ。そんな違いがわかるくらいには、服について訓練されてしまっている自分に気づく。

「どうです、かわいいですか？」

衣緒花《いおか》はそんな自分の姿を誇るように、くるりとその場で回ってみせる。回転に従ってスカートが揺れて、僕の思考をかき乱す。

「うん……」

返事が曖昧になってしまったのは。

彼女の髪に光っていたのが、ハートの形の髪飾り、だったからだ。

本体にくっついた小さな金属製のそれは光を浴びて、つやつやと輝いている。

それがあの髪飾りでないことに、僕は少なからず動揺していた。

しかし衣緒花《いおか》はそんなことを気にする素振りも見せず。

「じゃ行きましょう、有葉《あるは》くん」

「どこに？」

「見たい映画があるんです」

そう言って、衣緒花《いおか》は僕の手を取って歩き出す。

それがあまりにも自然で、僕はされるがままに、彼女についていく。

こんなことは今までなかった。

いつも衣緒花《いおか》は僕の前を歩いていて、僕はその背中を追いかけていた。どこに出かけるときもそうだ。

けれど今は、並んで歩いている。なんだか、ずっと前からそうだったように。

居心地の悪さを抱えたまま、僕はたどり着いたショッピングモールを見回した。

映画館を中心にしたこの商業施設は、ヨーロッパの街並を意識して作られたらしい。スペインだったかイタリアだったか忘れてしまったが、色とりどりの家々を模した店舗が並ぶ。

そんなテーマパークのような雰囲気のなかに、僕たちは奇妙に馴染《なじ》んでいた。手を繋《つな》いで映画館を目指す僕たちは、きっと周りからすれば、カップルにしか見えないだろう。

けれど現実は、見た目よりほんの少し複雑だ。空々しいパステルカラーの家々が単なる飾りであるように、日常の中に悪魔が潜むように、僕には衣緒花《いおか》の気持ちはわからない。

でも、だ。

よく考えてみれば、今の衣緒花《いおか》は、悪魔に憑《つ》かれているわけでもなんでもない。あの髪飾りだって、今ここにはない。僕は、エクソシストとしてここにいるわけではないのだ。

そして衣緒花《いおか》は、いつものような仕事でもない。現にまっすぐ映画館に向かっていて、無数に立ち並ぶ服の店には目もくれない。

「この映画です」

やがてそんな僕の思考は、衣緒花《いおか》に遮られる。映画館のチケット売り場にたどり着《つ》き、彼女が指差したポスターは、話題になっていた恋愛映画だった。

「これが、見たかったやつ？」

「はい。恋愛ものって、ドキドキしませんか？」

「うん……」

衣緒花《いおか》が見たい映画というから、てっきりファッションデザイナーの伝記映画か、ファッション雑誌の編集者にでもなる話かと思ったのだけれど。

やっぱり、今日の衣緒花《いおか》は、モデルではないのだろう。

僕は清水《しみず》さんの言葉を思い出していた。様子がおかしかったのも、仕事のプレッシャーだったのかもしれない。いろいろ思うところはあるが、深く追求しないほうがいいような気もする。できるだけ普通にしていよう。

普通の……デートみたいに。

衣緒花《いおか》はタッチパネルの自動発券機を慣れた手付きで操作して支払いを済ませ、チケットを僕に渡した。

「はい」

なんだか任せきりで申し訳ない気もするが、こんなふうに映画を観《み》に来《き》たのは実ははじめてだった。自分ひとりで来たことなんてもちろんない。なんとなく昔家族で来た記憶がうっすらあるのだけれど、なにを見たのかは思い出せない。確か、子供向けのファンタジーかなにかだった気がする。そこから考えれば、恋愛映画とは、ずいぶん遠いところに来たものだ。

「ポップコーン、食べます？」

「え？」

「あ、そういうのは買わない派、ですか？」

「いや、そうじゃなくて」

「じゃ、Lを買って一緒に食べましょう。飲み物はいりますか？ えっと、コーラとか」

「えっと……」

「それとも、そっちもふたりでわけます？」

いたずらっぽく、彼女は僕を覗《のぞ》き込む。

「わ、わけないよ！ 別々！」

「そうですか？ 私はいいですよ？」

普段の衣緒花《いおか》なら、僕をからかう意地の悪い冗談だろうと思うところだが。

今日はそれがどこまで冗談なのか、判断に困る。

列に並んで買ったポップコーンの容器はまるでバケツみたいに大きくて、思っていたのの3倍くらいのサイズがあった。それが載ったトレイを胸元に構える衣緒花《いおか》の顔は、いつもよりなおさら小さく感じられる。

そのあいだに、タイトルと時間が書かれた液晶画面の看板は開場中という表示に変わる。慣れた様子でチケットを渡して中に入っていく衣緒花《いおか》に続くと、一番後ろの奥の席だった。

劇場の中は、開場したばかりでほとんど人がいなかった。僕は自分が先に座席の隙間に入ると、端の席に座り、衣緒花《いおか》を内側に座らせる。そちらのほうが多少なりとも見やすいだろう、多分。

「えっと、お金、払うよ。ごめん、全部任せて」

「はい。ありがとうございます」

衣緒花《いおか》がトレイをドリンクホルダーに置いたところで、僕はそう声をかける。衣緒花《いおか》は素直にそれを受け取って、財布に入れた。僕はそれを、ちょっと意外に思う。いつもは、仕事だから経費だ、と言い張って受け取ろうとしないからだ。やっぱり今日は、彼女にとって仕事ではない、ということだろうか。

衣緒花《いおか》は早くも小さな口に白いポップコーンを押し込みながら、スクリーンを眺めていた。一緒に予告編をぼーっと眺めていると、ほどなくして、映画ははじまった。

映画は、ちょっと昔のアメリカが舞台だった。15歳で俳優としてのキャリアを歩みはじめた少年と、厳格な家庭に育った夢のない年上のヒロインの物語。ふたりの共通点は、やがて何者かになりたいという願いを抱えていること。

やがてふたりは一緒にビジネスをスタートし、心の距離を縮めていく。

それは思っていたような甘いラブストーリーとは、ちょっと違っていた。恋とも友情とも言えない、あるいはそのどちらでもあるような感情がずっと続く。

まるで、自分のことを見ているみたいだな、と思った。

少年は、俳優あるいはビジネスマンとして自分が成功することを疑わず、自分の力で道を切り拓《ひら》いて行こうとする。ヒロインは、成功を手に入れるべくさまざまな男性に近づいては離れていく。そんな彼女の生命力あふれる姿がどこか痛々しく感じられてしまうのは、きっと今の僕が迷い続けているからだろう。

　僕には、なにかを選ぶことなんて、できない。

　いつもそうだ。やりたいこともなければ、願いもない。佐伊《さい》さんは、衣緒花《いおか》から出た悪魔は、僕に定着しなかった、と言った。きっと悪魔も、僕なんか願い下げだろうと思う。生きていたい、お腹《なか》がすいた、疲れて眠い、それくらいが関の山だ。

　三雨《みう》は、そうじゃなかった。

　彼女には、好きなものがある。ロック。そして——僕。考えるだけで恥ずかしいし、認めたくない。でも、彼女がそう伝えてきたことは、ちゃんと受け止めなくてはならない。告白そのものは、なんというか、その場の勢い、みたいな感じではあったけれど。それでも彼女がずっと抱えてきた気持ちがあることは、本当なのだと思う。

　衣緒花《いおか》はどうだろう、と考える。服を愛し、その世界に生き、人生を捧《ささ》げる。ずっとそのことばかりを考えて、結果を出すために力強く歩みを進める。そんな彼女を、僕はその背中を、ずっと見てきた。そう、その背中を。

　ふと、隣の衣緒花《いおか》の顔を見る。

　彼女はなぜか、コーラのストローをくわえたまま、険しい顔で画面を見つめていた。あんなにあったポップコーンは、気がつくといつの間にか空になっている。

やっぱり、なにか様子がおかしい。

一瞬彼女に声をかけようと口を開くが、すぐに閉じる。ここが映画館でよかったと思う。そうでなければ、僕はうかつにも余計な質問をして、すべてを台無しにしてしまっていただろう。ゆっくりと冷やした水は、小さな刺激でいきなり凍りつく。なにかひとつでも間違ったことを言えば、僕たちの関係は決定的に変わってしまいそうな、そんな予感がしていたから。

僕は物語のなかのふたりがハッピーエンドを迎えることを祈りながら、スクリーンに目を戻した。

■

「いい映画でしたね」

映画を見終わったあと、僕たちはその商業施設をぶらぶらと歩いていた。どこかを目指すという雰囲気でもなく、ウィンドウショッピングというには曖昧な、奇妙な時間。

「そうだね」

僕は彼女の感想に同意する。大事件が起きるわけでもなく、手に汗握る展開があるわけでもない。ただ出会いがあって、別れがあって、そしてふたりはすれ違い続ける。そんな様子が2時間以上続く長尺の映画だったが、不思議と退屈することはなかった。

なにより大切なこととして、ふたりはちゃんと結ばれた。

そのことに、僕はなんだか安心する。

今まで映画がハッピーエンドかどうかなんて、気にしたこともなかったのに。

しかし、衣緒花《いおか》のコメントは意外だった。観《み》ている最中は、いい映画だ、という表情はしていなかったと思うのだが。

僕は慎重に尋ねる。

「その、なにか気になることがあった？」

「どういうことです？」

「けっこう険しい顔で見てたから」

「ああ……」

彼女は人差し指を唇に当てて、空に視線をさまよわせる。

「いえ、ずるいなと思っただけです」

「ずるいって？」

「だって、ハッピーエンドって、最終的に結ばれる人の目線なだけじゃないですか」

「どういうこと？」

「あんなにいろんな人と出会って、別れて。うまくいかなかった人の立場から考えてみてください。そっちの立場からしてみれば、素敵な人がせっかく目の前に現れたのにいつの間にか自分のそばからいなくなっちゃうんですよ。かわいそうだと思いません？」

「まあ、そこは映画だから……」

僕は苦笑するのが精一杯だった。どうにもがんじがらめで、うまく会話することができない。

しかし、話をすればするほど、彼女に感じる違和感は、どんどん大きくなっていく。

普段の衣緒花《いおか》なら、ハッピーエンドのありようなんて一笑に付すだろう。

その代わりに話題になるべきことに、彼女はいっこうに触れようとしない。

本来ならば、ありえないはずだ。わざとなのか、それとも――

「あ、見てください」

不意に衣緒花《いおか》が立ち止まる。伸ばした長い人差し指の先には、思いがけない光景が広がっていた。

そこにいたのは。

ウェディングドレスを着た花嫁、だった。

「えっ、なんで？」

思わず疑問が口から飛び出るが、衣緒花《いおか》はこともなげに答える。

「ここ、結婚式場ありますから」

「そうなんだ……」

そんなものがあるとは知らなかった。というか、映画館と結婚式場が同時に存在する施設はかなり珍しい気がする。

僕は改めて、ウェディングドレスの女性に目を向ける。

柔らかい自然の光に照らされた真っ白なドレスは、カラフルな周りの景色に浮かび上がるようだ。その幸せそうな笑顔は重力さえ感じられないほど軽やかで、今にもどこかに飛んでいってしまいそうに見える。

花嫁がそうならないのは、隣に花婿がいるからだろう。重厚なシルバーの生地で仕立てられたタキシードは、騎士の鎧《よろい》のように見えた。

ふたりは身を寄せ合い、低い位置に構えるカメラマンに向かって、笑顔を向けている。

僕たちはしばし足を止めて、そのカップルを遠巻きに見つめた。

「花嫁さん、幸せそうですね」

静かな声で、衣緒花《いおか》はそう言う。

「有葉《あるは》くん。私もいつか、結婚するんでしょうか」

そして続く言葉に、僕はナイフで突き刺されたような痛みを胸に感じる。

横を見ると、衣緒花《いおか》は僕に向き合っていた。その目には、真剣な色が浮かんでいる。

彼女の言葉から、どうしても想像してしまう。

ウェディングドレスを着た、衣緒花《いおか》の姿を。

「それは……したいかどうかによるんじゃない」

誤魔化したつもりの僕の質問は、しかし別の方向から迎え撃たれる。

「有葉《あるは》くんは、したいですか？」

「え……」

「ああやって結婚式をして、愛を誓って、一緒に住んで」

「えっと」

「ねぇ、有葉《あるは》くん。子供、欲しいですか？」

気がつくと、僕と衣緒花《いおか》の距離は少しずつ詰められていた。思わず半歩足を引くと、衣緒花《いおか》が一歩踏み込んでくる。

「いや……わからないよ。そんなこと」

やがて、衣緒花《いおか》は僕の腕を取り、体を寄せる。

僕たちのあいだにあった冷たい空気はだんだんと押し出され、彼女の温かい感触に置き換わっていく。

花嫁と花婿《はなむこ》が、こちらに目線を送りながら、なにやら話しているのが見えた。内容が聞こえる距離ではないけれど、なんとなく想像がつく。僕たちがあのふたりを見るのと同じ目線で、あのふたりもまた僕たちを見ているのだろう。

私たちもあんな感じだったよね、あのふたりもいつか私たちみたいに結婚するのかな——

「私は、好きな人と家族になるというのは、素敵なことだと思います」

本当は、いろいろ思っていたことがあったはずだった。話をしなければならないことも。でもなにかを考えようとするたび、ウェディングドレスの長い裾がひらめいて、頭の中は真っ白になってしまう。

なにかがおかしい。

でもそれがなんなのか、わからない。

まるで鏡の世界に迷い込んだような違和感。

そう思うのは、僕がどうかしてしまったからなのだろうか。

「ねぇ、有葉《あるは》くん。私、疲れちゃいました。有葉《あるは》くんの家に行っていいですか？　そうだ、なにかお菓子を買っていきましょう――」

パッと体を離して手を引く衣緒花《いおか》に、僕はなすすべもなく導かれていく。

ハートの髪飾りが、澄んだ風のなかで、きらりと光った。

■

「お邪魔します」

衣緒花《いおか》は誰もいない家の中に向かってそう声をかけると、靴を脱いで上がった。

なんだか物珍しそうにきょろきょろとあたりを見回しているが、よほどはしゃいでいるのか、靴が脱いだままになっていた。僕は自分の靴を脱ぐついでに、彼女の靴を整えて並べておく。

　廊下を小走りに進んでリビングのドアを空けると、まるで夢の国に来たみたいな様子で、くるりと回った。

「有葉《あるは》くんの家、素敵ですね！」

「そうかな。普通だと思うけど」

「なんだか落ち着く感じです」

「母さんの趣味だから、僕の手柄じゃないよ」

　僕は改めて、リビングを見回す。いちおう自分の部屋もあるけれど、どうせこの家には誰もいない。適当にリビングのソファに座るよう促したが、衣緒花《いおか》はすぐにそうしなかった。

「キッチンお借りして、お茶淹《い》れますね」

「いや、僕が淹《い》れるよ。クッキーだから、紅茶でいいよね」

「はい。お皿あります？」

「うん、これ使って」

　僕が食器棚から出した皿を渡すと、彼女はお湯を沸かす僕の隣で、買ってきたクッキーを皿の上に移していく。

　それから、僕はソーサーの上に載ったティーカップをリビングに運んで、衣緒花《いおか》はクッキーを持ってくる。

「なにを、言っているんですか？」

彼女が顔をしかめた。眉の間に、皺《しわ》が刻まれる。

「おかしいと思ってたんだ。もともと様子が変だったし、ポップコーンとコーラなんて、あれほど食事に厳しい衣緒花《いおか》が、なにげなく頼むものじゃない。映画を見て、衣装の話をしないわけがないし……それに結婚式を見て、あんな反応するわけがないわけがないんだ」

「あんな反応、って……？」

「ウェディングドレスに、一言も触れなかった」

衣緒花《いおか》なら、絶対にその話をする。

彼女は服に、人生をかけている。

結婚とか、花嫁とか、そういう願望も、もしかしたらどこかにはあるのかもしれない。

けれどあの景色の中で、衣緒花《いおか》が真っ先に見て言及するはずなのは。

結婚という、人生よりも。

ウェディングドレスという、服であるはずなのだ。

「だから、もうやめよう。僕にはわからない。こんなことが、君の願いなの……？」

「なにを言っているんですか？　有葉《あるは》くんは、私が好きじゃないんですか？」

「髪飾り」

「え？」

「あの、石の髪飾り。どこにやったの？」

「そ、それは……家に、忘れて……」

「忘れるわけがないんだ。あれは、悪魔が宿っているものだ。ずっと持っているよう、佐伊《さい》さんにも言われた。それから……僕があげたものなんだ」

ひゅっ、と衣緒花《いおか》の喉が鳴った。

「だから最初は、僕へのあてつけかなにかでわざと置いてきたのかと思ったんだけど……そうじゃない。もちろん忘れたのでもない。持っていないんだ。服は雑誌の通りに買えても、あの髪飾りだけは真似《まね》できない」

さっきまで紅潮していた彼女の頬から、だんだんと血の気が引く。

「……悪魔がなにを引き起こしているのか、まだわかっていなかったよね」

「な、なんで悪魔の話になるんですか……？」

「僕が、君のエクソシストだから」

「それは……」

「そうだろ、三雨《みう》」

彼女は、切れ長の目を見開き。

そして、笑った。

「あーあ。バレちゃった。あとちょっとだったのに」

それはあまりにも静かで冷たい、冬の湖に張った氷みたいな笑みだった。うっかり落ちた人間の心臓を、止めてしまうほどの。

彼女が大きく息をつくと、ソファが沈む。

髪型も、服も、今までと同じ衣緒花《いおか》のものだ。

でもその声と顔は、もはや彼女ではなかった。

僕の目の前にいるのは、衣緒花《いおか》の格好をした、三雨《みう》だった。

「どうしてなんだ。君の願いは、僕のことなんだろ。衣緒花《いおか》は関係ないじゃないか。どうして、衣緒花《いおか》のふりなんかしたんだ！」

そう。これは、悪魔の仕業だ。

詳しいことはわからない。しかし、三雨《みう》が衣緒花《いおか》の姿になることができたのは、間違いなく悪魔の力によるものだ。

悪魔は三雨《みう》の姿をウサギに変えていただけではない。

いまだ突き止められていなかった現象、願いを叶《かな》えて悪魔が曲げた現実。

それは、三雨《みう》を衣緒花《いおか》の姿にすることだったのだ。

だが、僕にはわからなかった。

なぜ。

どうして。

なんのために。

「わかんない。でも、悪魔がボクの願いを叶《かな》えてるっていうんなら、これがボクの願いなんでしょ」

「願いって……」

「あのさ。ボク、わかってるから。有葉《あるは》、ボクが告白したのに、衣緒花《いおか》ちゃんデートに誘ったんだもんね」

ぴしり、と氷が割れる音が響く錯覚。

「違う！ あれは、それより前に、理由があって……」

「別に、言い訳しなくていいよ。だって有葉《あるは》、嬉《うれ》しかったでしょ？ ボクと出かけたときより、楽しそうだったもん。それが答えだよ」

「そんなこと！」

「ごめんね。ロックなんか興味なかったよね。ひとりで張り切っちゃって、バカみたい。ううん……ロックどころか、そもそも有葉《あるは》は、ボクになんか興味ないもんね。悪魔が憑《つ》いてるから、佐伊《さい》ちゃん先生に頼まれたから、仕方なく付き合ってくれたんだよね」

「仕方なくなんて、そんなこと思ってない！」

「ずっと一緒だと思ってたのに、いつの間にか衣緒花《いおか》ちゃんと仲良くなっててさ――でも、当然だよ。ボクが有葉《あるは》でもそうする。勝てるわけないよ。衣緒花《いおか》ちゃんは、完璧だから」

「三雨《みう》、話を聞いてくれ。僕はそんな――」

「そんな、なに？　……ああ、そうか。自分でも気づいてないんだ。有葉《あるは》ね。衣緒花《いおか》ちゃんといるときと、ボクといるときと、ぜんぜん違うよ。衣緒花《いおか》ちゃんといるときは、ボクに見せない顔してる。そんなの――そんなのってないよね」

彼女の指が僕の首元に伸びて、シャツのボタンをひとつずつ外していく。

僕はとっさに、彼女の手首を掴《つか》んだ。

「三雨《みう》、やめてくれ！」

「やっぱりそうなんだ。ボクじゃダメなんだ。うん。わかってた。わかってたよ……」

伏せられた彼女の目が、暗い赤に輝く。

悪魔だ。

悪魔が彼女の中で、力を得ている。

「そういう問題じゃ――」

僕はのしかかる彼女に、なぜか抗《あらが》うことができなかった。赤い視線が体を侵食するように、広がっていくのを感じる。必死で腕を上げようとするが、まるで動かない。重力が何倍にもなったようだった。頭の芯がしびれてきて、思考は鈍く痺《しび》れていく。

「抵抗しないでよね。ボク――ううん、ボクの中の悪魔が、どうなっちゃうかわからないよ。でも大丈夫。ちゃんと有葉《あるは》が喜ぶように、ボ、ボクじゃ、な、く、な、るからさ」

柔らかな手の感触が僕の目元を覆って、視界は闇に沈む。

「はい、準備できましたよ――」

そして、再び光が戻ると。

そこにあったのは。

「――これなら満足でしょう。ね、有葉くん」

微笑《ほほえ》む衣緒花《いおか》の姿だった。

そんな僕を満足そうに見つめながら、彼女は服をはだけていった。眩《まぶ》しい胸元がのぞいて、なめらかな肩があらわになる。

完璧を目指して磨き上げられた、衣緒花《いおか》の体。それが抵抗する力を奪われた僕の体にすり寄り、ぴったりとくっつく。

違う。これは衣緒花《いおか》じゃない。三雨《みう》でもない。

悪魔の体なんだ。

そう自分に言い聞かせる僕に、彼女はなおも迫ってくる。

「――私、有葉《あるは》くんと家族になりたい。いいでしょう？」

「か、家族……」

「そうです。一緒にここで暮らしましょう。あ、でも子供ができたからって、かかりきりになったら嫌ですよ。私のことも、愛してくださいね……？」

「ダメだ……こんな……こんなこと……！」

「なにもダメじゃないでしょう。有葉《あるは》くんは私のこと好きなんだし、私も有葉《あるは》くんのこと好きなんだから。みんな好きな人と結ばれるんです。それがハッピーエンド。そうですよね」

彼女の両手が、僕の頬を摑《つか》む。

目を閉じて、唇が近づいて、息がかかる。

「ずっとこうしたかった。ずっとこうしてほしかった。ね、有葉《あるは》くん。私のこと、好きって言って――」

そのときだった。

ドンドンドン、と、扉を叩《たた》く音。

「有葉《あるは》くん！　有葉《あるは》くん！　いますか⁉　開けてください！」

ドア越しにくぐもって聞こえてくる、その声。

それが誰の声なのか、聞き間違えるはずもなかった。

「い、衣緒花《いおか》！」

「有葉《あるは》くん！　いるんですね⁉」

「危ない！　来ちゃダメだ！」

僕の声を聞いて、ドアを叩《たた》く音は止《や》む。

よかった、ちゃんと聞こえたのだろうか。一体なにが起きるかわからない。衣緒花《いおか》まで巻き込むわけにはいかない。
「ど、どうしよう……なんで衣緒花《いおか》ちゃんが……」
目の前の衣緒花《いおか》は、そうつぶやく。
「でも遅かったよね。このましちゃえば、ボクが本物に……」
彼女の唇が、再び迫る。
間近で見る彼女は、やっぱり美しくて。
魔法のように、僕を魅了する。
いっそもう、されるがままになってしまえばいいのではないだろうか。
そうなれば、願いは叶《かな》って悪魔は祓《はら》えるのだろうし。
もう答えを探して思い悩むこともない。
けれど。
違うんだ。
僕はようやく気づく。
確かに衣緒花《いおか》は美しい。
多くの人に愛されるモデルで。
その磨き上げられた肉体は、誰をも惹《ひ》きつける。
でも。

衣緒花《いおか》に惹《ひ》かれたのは、そんな理由じゃないんだ。

僕は——

「有葉《あるは》くん！」

名前を呼ばれて、僕は振り向く。

庭に面した、大きな窓の外。

そこに立っていたのは、衣緒花《いおか》だった。

あの石の髪飾りが、あるべき場所できらりと輝くのが見えた。

本物だった。

他の誰でもない、本物の、伊藤衣緒花《いとういおか》。

彼女はドン、と両手の拳で窓を叩《たた》く。振動でガラスが波打つが、それはさざなみにすぎなかった。いまだその透明な壁は、僕と衣緒花《いおか》を隔てている。

「衣緒花《いおか》、来るな！」

「そうだよ、もう遅いんだから！」

僕の上で、彼女が叫ぶ。

窓の外に立った衣緒花《いおか》は、
握っていた手を開くと、手のひらをガラスに当てた。

その手に薄い革でできた黒い手袋がはめられていることに、僕は気づく。

手足の肌が見えないことで、彼女の体は黒い影のように見える。

衣緒花《いおか》が目を閉じると、奇妙なことが起こった。

髪飾りの石が、内側から光っていた。周囲の空気がゆらめき、景色が歪《ゆが》む。

やがて髪飾りから、小さな炎がひらめく。

その炎はだんだんと大きくなり、彼女の髪を伝い、ガラスに当てた腕に流れていく。

まるで導火線をたどるように。

そして炎が黒い手袋に辿り着くと、ビシリという音がして、ガラスに亀裂が入った。

ビシリビシリと、同じ音が続く。より、短い間隔で。

けれど視界は急に回転させられる。彼女が僕の顔を両手で挟んで、強引に向きを変えていた。

もうひとつの衣緒花《いおか》の顔がすぐそこにある。ハートの髪飾りが揺れる。

その唇が、僕に近づいて。

濡れた体温を感じる、その一瞬前に。

凄《すさ》まじい音が、静けさを割った。

冷たい風が、吹き込んでくる。

開放された首を巡らせ、視線を向けると。窓が、粉々に割れていた。

「な、なんで……」

「なんで、ですって？」

風が彼女の髪を揺らし、長い首からまっすぐ伸びた背骨を、力強い両脚が支えている。

髪飾りから生まれた炎が、掲げた手の先で、糸を巻き取るように球状になっていく。まるで小さな太陽が手の中にあるみたいだった。

「自分の胸に、聞いてください！」

衣緒花《いおか》が力を込める。火の玉は砲弾となって、もうひとりの衣緒花《いおか》にまっすぐ飛んでいく。

「ぐっ！」

命中。くぐもった悲鳴。ソファの向こうへ吹き飛ばされた体が立てる、大きな音。

「有葉《あるは》くん！　大丈夫ですか！」

そして、聞き慣れた声とともに、僕を助け起こしたのは。

心配そうに揺れる、切れ長の瞳だった。

「だ、大丈夫……」

「うう……」

唸り声とともにゆらりと立ち上がる気配に、僕は目を向ける。

ソファの向こうから、姿を現したのは。

ウサギの耳が生えた、三雨《みう》だった。

しかし、彼女の体の変化はそれだけではない。

はだけられた服の下に見える肌は、長い毛に覆われていた。太腿《ふともも》はありえないほど太く膨らみ、脛と見紛うほどに長く伸びた足は爪先立ちの姿勢になって、長い両脚は人間とは異なるかたちに曲がっている。フライパンほどに大きくなった手には大きな肉球が配され、鋭い爪が毛の間から短く飛び出していた。

それは、ウサギの怪物の姿だった。

「三雨《みう》さん。もうやめてください」

しかし、僕の視線は衣緒花《いおか》の背中に遮られる。

彼女は僕を庇《かば》って、三雨《みう》の前に立ちはだかったから。

「なんで！　どうして有葉《あるは》の家にいるってわかったの⁉」

「佐伊《さい》先生が途中で気づいて……私を助けてくれたんです。有葉《あるは》くんの家の場所も教えてくれて、ここから探せって」

三雨《みう》の耳が、揺れる。

「衣緒花《いおか》ちゃん。そこどいて」

「いいえ、どきません」

毅然《きぜん》と睨《にら》み返す衣緒花《いおか》を威嚇するように、三雨《みう》は唸《うな》る。

「有葉《あるは》とは、ボクが結ばれる」

「それを、有葉《あるは》くんが望んだんですか？」

その質問に、三雨《みう》は答えなかった。

その代わりと言わんばかりに、ふたつの耳の間、額に近い位置から、なにかが盛り上がっていく。何本も生えたそれは、木の枝のようにでたらめにいろいろな方向を向いて伸びていった。

曲がりくねった氷柱のような、鍾乳石《しょうにゅうせき》のような、積み上げられ層になった硬い質感。

それは強いて一言で表すなら、そう。

悪魔の角だ。

あれは、ウサギ――なのか？

いったい、なんの動物、いや、なんの悪魔なんだ？

「……後悔するよ、衣緒花《いおか》ちゃん」

「三雨《みう》さん。あなたこそ」

ソファを挟んで、ふたりは睨《にら》み合《あ》う。

凍りついたような、数秒の時間のあと。

最初に動いたのは、三雨《みう》だった。

天井すれすれに跳び上がった三雨《みう》の大きな手が、衣緒花《いおか》を殴りつける。

しかし、衣緒花《いおか》がかざした手に合わせるように、髪飾りから吹き出た炎が盾になった。

「ボクが……ボクが最初に！　有葉《あるは》を好きになったんだもん！」

「順番なんて関係ないでしょう！」

三雨《みう》は次々と衣緒花《いおか》を殴りつけ、繰り出される手を撃ち落とすように炎が吹き出される。

悪魔と悪魔の力のぶつかり合いを前にして、僕は身を庇《かば》うだけで精一杯だった。

「途中で出てきて、なにもかも奪っていったくせに！」

「私がいつなにを奪ったっていうんですか！」

「ボクがどんな気持ちで毎朝学校にいたと思ってるの⁉」

三雨《みう》は大きく後ろに跳び退って、思いがけず空いた距離に衣緒花《いおか》が一瞬怯《ひる》む。

その隙を逃すまいと、長いウサギの脚がバネのように縮んだ。

「三雨《みう》！　やめるんだ！」

僕は三雨《みう》に向かって飛び出した。とにかく、彼女を止めなくては。手を伸ばし、彼女に組みついた——つもりだった。

次の瞬間、僕の視界に、毛に覆われた手が鋭く現れる。

「うわっ！」

殴り飛ばされて、体が宙を舞った。背中に衝撃を受けて、気がつくと床に頬をつけていた。

壁に打ちつけられて落ちたのだと気づくのに、数秒かかる。

「有葉《あるは》くん⁉」

衣緒花《いおか》が目を逸したのを、三雨《みう》は逃さなかった。

細められた目が衣緒花《いおか》を捉える。鋭く伸びた両手が衣緒花《いおか》をテーブルの上に突き飛ばす。悲鳴。ティーカップと皿が落ちて割れる音。

「衣緒花《いおか》ちゃんは、なんでも持ってるじゃん！　背が高くて！　胸が大きくて！　脚が長くて！　顔がよくて！　才能があって！　みんな衣緒花《いおか》ちゃんのこと知ってる！」

「う……ぐ……」

苦痛に顔を歪《ゆが》めたまま体を起こせない衣緒花《いおか》を、巨大なウサギが見下ろしている。

「なってみてわかったよ。みんなが見る目が違うんだ。歩くだけでみんな振り返る。明るい顔でボクを見る。衣緒花《いおか》ちゃんはこういう世界に生きてるんだって思い知った。ボクとは違う。ボクはなんにも持ってない。なんにもできない」

三雨《みう》は苦しそうに言葉を吐き出すと、その巨大な両手で三雨《みう》の首を摑《つか》んだ。

そのまま凄《すさ》まじい力で、ぐったりとした衣緒花《いおか》の体を持ち上げる。

ウサギとなった三雨《みう》の体は恐ろしく大きく、衣緒花《いおか》の足は宙に浮いていた。

「だから……だから！　有葉《あるは》まで奪《と》らないでよぉ！」

「……あなたが有葉《あるは》くんを好きなのは構いません。有葉《あるは》くんが三雨《みう》さんを選ぶなら、それでもいいと私は思います。でも――」

衣緒花《いおか》は吊《つ》り下《さ》げられたまま、必死で声を絞り出す。

三雨《みう》の叫びに、応えなくてはならないというように。

「――本当に有葉《あるは》くんのことが好きだっていうなら……！　どうして傷つけようとしたんですか……！　私になりかわって……無理やり有葉《あるは》くんを犯して……それがあなたが、有葉《あるは》くんにしてあげたいことなんですか……！」

「そ、それは……！」

そのとき、僕は見た。

だらりと降ろされた衣緒花《いおか》の腕の先。開いた手に、小さな炎が形作られるのを。

ゆらめきながら育ったその火球は、線香花火のように真下に落ちると、三雨《みう》の足を焼いた。

「あぐ……っ！」

たまらず三雨《みう》は手を離して、衣緒花《いおか》はその場に着地する。慌てて距離を取った三雨《みう》に、衣緒《いお》花《か》は手をかざし、狙いを定める。

「三雨《みう》さん。私のことは、いくら憎んでも構いません。妬みにも恨みにも慣れています。だとしても。あなたが有葉《あるは》くんを傷つけるというのなら……私はここを、一歩も動きません！」

「し、知ったようなこと言って……ボクと有葉《あるは》の間に、入らないでよぉ！」

「私が！　守ると！　言っているのです！」

三雨《みう》の脚が、ぐっと縮んで。

衣緒花《いおか》の手に、炎が輝く。

今にも衝突しようとしている、ふたつの力。

僕はそれを見ながら、考えていた。

どうしてこんなことになってしまったんだろう。

いや、本当は考えるまでもないのだ。
僕のせいだ。
なにもかもを先延ばしにして。
自分の気持ちを、決めなかったから。
衣緒花《いおか》も、三雨《みう》も、こんなふうに傷つくべきではない。
罰を受けるべきなのは、僕だ。
だからこんなところで、倒れているわけにはいかないんだ。
僕は痛む体をなんとか起こすと、崩れ落ちそうになる脚に力を入れた。
そして。
放たれた炎。
跳びかかる獣。
そのあいだに、身を躍らせた。

第7章

シールドのスパゲッティを踏んで

「有葉《あるは》くん！　よかった……目が覚めた……！」

自分が意識を失っていたことに気がついたのは、心配そうに覗《のぞ》き込む衣緒花《いおか》がそう言ったからだった。彼女の切れ長の目は潤んでいて、瞬《まばた》きするたびに長い睫毛《まつげ》が揺れた。乾いた唇は、彼女がずっとそこにいたのだということを物語っていた。

「衣緒花《いおか》、大丈夫？」

彼女の姿を見て、とっさにそんな言葉が口をつく。

「なにを言っているんですか！」

「いや、その……」

「私のことなんてどうでもいいんです。有葉《あるは》くんが……有葉《あるは》くんが……！」

今にも泣き崩れそうな彼女をなだめようとするが、とっさに言葉が出てこない。

僕はここでなにをしていたんだっけ。

彼女はどうしてここにいるんだったっけ。

「たまたま部室にお前がひとりでいるとき、弾き語りしてたじゃん。それ、外で聞いてたんだよ。でさ。俺、間違ってると思って」

「え、ボクが？」

「いや、三雨《みう》がっていうんじゃないけど。なんか……すげー楽しそうだったからさ。お前が音楽好きなのは見てりゃわかるし、なのに遠慮してギタボやろうとしねーじゃん。そういうのは、なんか違う気がして。……ああ、もう！　うまく言えないな」

照れくさそうに目にかかった前髪を摑《つか》んで引っ張りながら、言葉を続けた。

「だからギタボやらないかって誘ったんだけどさ。三雨《みう》があんま乗り気じゃないのはわかってたけど……俺がやらせないと、お前、絶対やんないと思ったから。でも、無理やり誘って、そのあとも急《せ》かして、悪かったと思ってる。練習来ないのも、声が出ないのも、具体的にどうしてやったらいいのかわかんなくてさ。お前がそんなに悩んでるって気づけてたら、もっとなんかできたのかなとか。俺、鈍感だから」

「そんな、ウミくんのせいじゃ……」

「いや、今の話聞いて、思ったよ。お前が実力発揮できなかったのはさ。俺のせいもある。バンドメンバーの俺が、不甲斐《ふがい》なかったからだ」

ウミ先輩は、ばつが悪そうに尖《とが》った歯が並んだ口を歪《ゆが》めた。

「でも、俺もがんばるからさ。もう一回やろうぜ。俺は……その、お前とやりたくて、声かけたからさ」

衣緒花《いおか》は薄く笑うと、ふん、と鼻を鳴らした。

「三雨《みう》さん。これでも逃げる気ですか？」

「に……逃げたりしないし！」

そして力強く、人差し指を宙に向ける。まるで針路を指示する、船長のように。

「よろしい。その言葉、忘れないでくださいね。これから私が……あなたのプロデューサーです」

■

バンドについて相談すると言った三雨《みう》とウミ先輩を残して、僕と衣緒花《いおか》は部室を後にした。

文化祭の準備期間とはいっても、学校は静かなものだった。そもそもなにかをやる生徒の数が少なく、学校の外で準備をする場合も多い。

ふたりで廊下を歩きながら、僕は決心していた。

衣緒花《いおか》に話を聞くなら、今しかない。

彼女の様子には、あまりにも不可解なことが多すぎる。

「衣緒花《いおか》」

「なんです？」

「その……悪魔を祓《はら》うって、本気？」

「本気に決まっているでしょう」

「でも」

「あなたができないから、私がやるのです。余計な口を挟まないでください」

「そういうわけにいかないよ。どうするつもりなの？」

「佐伊《さい》さんにはちゃんと相談してありますから」

「それだよ。佐伊《さい》さんも変なんだ。いったいどういう話をしてるのさ」

彼女の態度は刺々《とげとげ》しく、取り付く島もなかった。苛立《いらだ》ちを推進力にするみたいに、早足で歩いていく。思っていたよりずっと厳しいその言い方に、怯《ひる》まなかったわけではない。けれど、僕は振り落とされるわけにはいかなかった。

あれから考えれば考えるほど、僕は腑《ふ》に落ちなくなっていった。

三雨《みう》の願いが、僕に関係していた。だから僕には祓《はら》えないし、かえって邪魔である。それは理解できる。三雨《みう》に必要なのは自分の気持ちをちゃんとぶつけることであって、それが音楽で、バンドで、ロックで成し遂げられなくてはならないということも。それをサポートできるのは、間違いなく僕ではなく衣緒花《いおか》だ。

けれど、やはりなにかがおかしい。

佐伊《さい》さんも衣緒花《いおか》も、僕になにも説明しようとしない。不自然なほどに。

僕だって当事者だ。悪魔にも巻き込まれ、怪我《けが》を負い、そして願いにかかわっている。

「衣緒花《いおか》、待って!」

僕は彼女の黒い手袋に包まれた手を摑《つか》もうとする。

しかし、届いた手は、激しく振り払われた。

「触らないでください! 汚《けが》らわしい」

「どうして……どうしてなんだ。どうして僕には、なにも言わないんだ!」

それを聞いて、衣緒花《いおか》はぴたりと止まる。

「どうして、ですって……?」

そして僕に向き直り、正面から言葉をぶつける。

「じゃ逆に言わせてもらいますけどね。なにも言ってくれなかったのは有葉《あるは》くんじゃないですか。全部佐伊《さい》さんに聞きました。私に黙って三雨《みう》さんとデートして、挙句の果てに私になって三雨《みう》さんに迫られて、喜んでましたよね」

「あれが喜んでるように見えたの!?」

「ええ見えましたね。私が邪魔してがっかりしたんじゃないんですか? そうですよね。もうちょっとで私とできるところだったんですもんね。今日はなんですか? 私のこと、襲いに来たんですか? 怖いからあっち行ってください。ついてこないで」

「そうじゃない！　ただ僕は、話がしたくて……」

「あいにく、私のほうに話すことはありません。どうせ私の見た目にしか興味ないんでしょう？　美人でモデルだったら誰でもいいんでしょう？　そんなふうに私を見てる相手となにを話すんですか？　中身が三雨《みう》さんでも気づかないくらいですもんね。本当に、軽蔑しました」

彼女の声は、鋭い刃物のように研ぎ澄まされていく。でも尖《とが》ったその音が、涙をこらえているときの喉の音だということを、僕は知っている。

「いや、気づいたよ」

「……え？」

「すぐには気づかなかったのはその通りだけど。でも、一緒に出かけてしばらくしたら、おかしいなって思って。あのときは、気づかれた三雨《みう》が……やけを起こしたんだ」

「ど、どうしてわかったんですか？　私が見ても、そっくりだったのに……」

「わかるよ。ずっと、衣緒花《いおか》と――君と一緒にいたんだから」

彼女の見開かれた目から、大粒の涙が、すっと落ちた。

これまでの敵意と一緒に。

しかしすぐにぎゅっと目を閉じて、拳を握った。

「三雨《みう》さんはかわいそうです。悪魔に憑《つ》かれて、いつ解決するかもわからなくて、一生このまなんじゃないかって不安で、自分なんか消えてなくなりたいって、毎日思って。私はその気持ち、誰よりわかります。だから助けたい。三雨《みう》さんがどう思ってるかはわかりませんけど……私は三雨《みう》さんと、友達になりたいんです」

「衣緒花《いおか》……」

「私は、応援しているんです。三雨《みう》さんが、有葉《あるは》くんに気持ちを伝えられること。それはもちろん、応えるかどうかは、有葉《あるは》くん次第ですけれど」

言葉が出てこなかった。

僕はショックを受けていた。けれど、自分でわかるのはそこまでだった。

衣緒花《いおか》が三雨《みう》のことを応援している。

そのことにどうしてこんなに心を揺さぶられてしまうのか、自分でも説明できない。

僕はただ、目眩《めまい》のような動揺の中で、ただ立ちすくむしかなかった。

「もう、会うのはやめましょう」

「え?」

「私の悪魔は祓《はら》われました。そして三雨《みう》さんの悪魔は、私が祓《はら》います」

「そんな、でも!」

「有葉《あるは》くんはもう、エクソシストでもなんでもないんですから」

それだけ言うと、衣緒花《いおか》は歩み去っていった。

もう、エクソシストでもなんでもない。

その言葉の響きに、僕はそこから動くことができなかった。
なら、僕はいったい、なんなのだろう。
自分の問いに答えを出せないまま、僕はずっと、同じ場所に取り残されていた。

第8章　誰がために君は鳴る

そしてボクは、衣緒花《いおか》ちゃんと一緒に、バンドをやることになった。

ボクは学校を休んでるってテイだし、さすがにずっと部室は使えない。ボクたちは駅の近くのスタジオを借りて練習した。特に部室のドラムはずいぶんくたびれていたから、やっぱりスタジオのやつはいい音がするって、ドラムのセイタくんは喜んでた。

ベースのウミくんはともかく、セイタくんはいきなり衣緒花《いおか》ちゃんが練習に顔を出すようになって、ものすごくびっくりしてた。そりゃそうだよね。ボクでもびっくりすると思う。あの伊藤衣緒花《いとういおか》がいきなりバンドにやってきて、腕組みしてボクをじっと見つめてるんだから。

でもセイタくんは、こう言ってくれた。

「やろう」

いつも無口なセイタくんのその一言で、ボクは背筋を伸ばした。

そうだ。ボクは、やらなくちゃいけないんだ。

せっかくふたりと衣緒花《いおか》ちゃんが、力を貸してくれるのだから。

実際、衣緒花《いおか》ちゃんはすごく頼りになった。

衣緒花《いおか》ちゃんは、本当に人前に出るプロだった。どういう心構えでどういう練習をすれば、ステージでちゃんと振る舞えるか、失敗しないかをよく知っていた。音楽のことは詳しくないって言ってたけど耳はよくて、特にリズムのズレにすごく敏感で、演奏にもアドバイスをくれたから、ウミくんもセイタくんもびっくりしてた。

でも、やっぱりどうにかしないといけないのは、ボクの歌だった。

衣緒花《いおか》ちゃんに言われて、最初にマイクの前に立ったときのことは、きっと忘れられないと思う。

「あ……う……」

案の定、喉になにかを詰まらせたみたいに声が出ないボクを見て。

「三雨《みう》さん、ごめんなさい」

「え？」

なんで謝るの、って聞く前に。

衣緒花《いおか》ちゃんは、ボクの腹を、ぶん殴った。

みぞおちに横隔膜を破るようなアッパーが突き刺さる。

咳《せ》き込む声がマイクに思い切り入って、キーンという音がハウリングする。

「な、なにするの！」

「三雨《みう》さん、今、なに考えてました？」

「え……うまく歌えなかったらやだな、って……」

「あなたの目的は、うまく歌うことなんですか？」

「ち、違う」

「じゃなんです？」

「それは……」

さすがにそこまでは、マイクに向かって言えなかった。だって、ウミくんもセイタくんも聞いてるし。

でも、衣緒花《いおか》ちゃんには伝わったと思う。

ボクのゴールは、有葉《あるは》にもう一度ちゃんと、気持ちを伝えること。

あんな勢いじゃなくて、一世一代の告白を、聞いてもらうこと。

「次にうまく歌おうとかくだらないことを考えたら、もう一発ぶん殴ります」

「シンプルにぶん殴られたくない……！」

「なら、自分がなにをするべきかだけ考えてください。ウミ先輩、セイタ先輩、もう一度お願いします」

ウミくんは肩をすくめるとセイタくんに指示を出して、スティックの乾いた音が響く。

ドラムに合わせてウミくんのベースが入って、ボクのギターが重なる。

そして、歌い出し。

やっぱり喉が狭くなって、息が苦しくなる——かと思いきや。

自分でも驚くくらい、すっと歌えてしまったのだった。

「え……すごい！　今までどれだけやっても、できなかったのに！」

「別にすごくありません。あなたはもともとできるんです、三雨《みう》さん」

そう言って、衣緒花《いおか》ちゃんは微笑《ほほえ》んだ。

ウミくんとセイタくんは、顔を見合わせて笑っていた。

こういうことがたくさんあった。話を聞けば聞くほど、ボクは自分が恥ずかしくなった。

知識とか技術がないことがじゃない。引っ込み思案なことでもない。

衣緒花《いおか》ちゃんが最初からなにもかも持っている、なんて思い込みをしていたことが、だ。

最初からできたなら、それを克服する方法なんて必要ない。

いっぱいいっぱい、自分をコントロールするやり方を知ってるってことは。

それくらい、人前に出るのが怖くて、緊張して、失敗してきたってことだから。

歌はがんばって、なんとか歌えるようになった。ずいぶん練習したけれど、まだ誰かの前だと声は震える。本番もちゃんと声が出るかはわからないけれど、今までに比べたらずっとマシだ。あきらめるな、と衣緒花《いおか》ちゃんは言った。その通りだなと、ボクは思った。

ステージに立つ上で考えないといけない大きな問題のひとつは、ボクの見た目だった。ウミくんにずっと帽子を被《かぶ》っていることを突っ込まれて、いやあストレスでハゲちゃって、と佐伊《さい》さんと口裏を合わせるような感じで軽く言ったら、ものすごく心配されてしまった。ウミくんは自分がボクを追い詰めてしまったんじゃないかと思っているフシがある。ウミくんに誘ってもらったときは嬉《うれ》しかったし、がんばったらできるかもと思ったけどできなかった。そのうえ逃げ出してしまったのはボクのほうなのだから、ウミくんが気にすることじゃないのに。

見た目についてこっそりと衣緒花《いおか》ちゃんに相談したら、当日着る衣装は用意しておいてくれるとのことだった。

「バンドメンバー全体も含めてコーディネートしますので、覚悟していてください」

そう言われて、楽しみなような気もしたけれど、衣緒花《いおか》ちゃんのギラギラした目の輝きはちょっと怖かった。本気だ。衣緒花《いおか》ちゃんは本気だ。

いちばん悩まなくてはならなかったのは、歌詞だった。

全部で5曲あるうち4曲はコピーだったけれど、最後の歌は、ウミくんが作った曲だ。

ボクはそれに、歌詞をつけることになった。

練習は仮歌でしておいて、そのあいだに歌詞を一生懸命考えた。

自分の気持ちに向き合うのは、思ったよりも難しかった。いろんなことが頭に浮かんで、ぐ

「俺、三雨《みう》のこと好きなの」

あまりにも不意打ちだったので、聞き返すこともできなかった。

ただ、三角形の角で突き刺されたような衝撃が、胸に走る。

なにを言われたのか理解できるまで、かなりの時間を要した。

「あの、それ、三雨《みう》には……」

「言えるわけないだろ。今俺にそんなこと言われても困るだけじゃん。さすがにそれくらいの空気は読めるって」

「そう、ですか」

僕は曖昧に頷《うなず》くしかなかった。そうだと言うのも、違うとも言うのも、誠実じゃない気がした。僕の立場から言えることは、多分なにもない。

ずいぶん複雑そうな表情をしていたのだろう、ウミ先輩はもう一度笑った。

「悪い。別に、お前がどうこうっていうんじゃないんだ。三雨《みう》の気持ちは三雨《みう》の気持ちだし、俺がどう思ってるか、あいつには関係ないしさ」

「それは、そうかもしれませんけど」

「ま、なんでも思った通りにうまくいくなら、エリック・クラプトンは『レイラ』を書いてないってことだよ」

「よくわかりませんけど、三雨《みう》みたいなこと言いますね」

「好きな人には似るっていうの、ホントかもな」

僕たちは、顔を見合わせて笑った。

その気まずさと、変なおかしさは、なぜか奇妙に居心地がよくて。

「聞けてよかったよ。ありがとな！　あとで曲の感想、聞かせろよ！」

そう言って手を振って去っていく後ろ姿に。

三雨《みう》はいい先輩に恵まれているなと、そう思ったのだった。

■

どんなに心の準備ができていなくたって、その時はやってくる。

僕が体育館に入ったときには、まだ照明は明るいままだった。

ステージの上には、ドラムとギターが置かれている。体育館なんて飽きるほど来慣れた場所なのに、それだけでなんだかぜんぜん別の空間のように感じられた。あたりを見回すと、音響機材が置かれている場所に生徒が詰めていて、キャットウォークには照明の操作を担当する生徒もいる。ステージの後ろには白いスクリーンが下ろされていて、おそらく映像も映せるのだろう。本格的とは聞いていたけれど、思っていた以上かもしれない。まるであの日行ったライブハウスみたいだ。そして空間の広さでいうなら、体育館のほうが段違いに大きい。

ギターを演奏していた。僕のような素人《しろうと》が聞いてさえ、あのふたりについていくのは正直言って大変なのではないかと思うのだけれど、うつむきながらギターを見て、集中して弾いている。彼女のことを知らなければ、人前に出るのが苦手だなんて、誰も思わなかっただろう。

「すごいね」

曲の合間に、ロズィが耳打ちする。ロズィの口より僕の耳のほうが下にあって、彼女は少しかがむような格好をしていた。

「うん、すごい」

僕は素直にそう返事をする。

どれも前に三雨《みう》に聞かせてもらったことがあったのか、なんとなく聞き覚えのある曲だった。僕はあまり知らないけれど、周りの生徒の様子を見ると、たぶん有名な曲なのだと思う。カバー、というやつだろう。

合計四曲を乱れず演奏し終えたあとで、ウミ先輩が三雨《みう》に目配せをした。

それがなにを意味しているのか、僕にはすぐに理解できた。

自分がぎゅっと手を握っていることに気づく。

三雨《みう》が胸に手を当てて深呼吸をすると、目の前のマイクが吐く息をノイズとして拾う。

慌てる彼女に、小さな笑いが起きた。

その余裕がない様子に、見ているほうが緊張してくる。

僕は呼吸を整えながら、その様子を見守った。

「えっと、次が最後の曲なんですけど。この曲だけ、ワガママ言って、ボーカルにしてもらいました。これは、ボクが作った曲です」

おそらくは準備していたであろうそこまでを一気に言うと、生徒たちがかすかにざわつく。

「あっ、みんな、知らない曲だから興味ないかもだけど。これは、その、理由があって……」

彼女の声は、だんだんと消え入りそうになっていく。ごにょごにょとはっきりしなくなる言葉に、周りの生徒が怪訝《けげん》な顔をしはじめたのがわかった。

見かねたであろうウミ先輩がのしのしと隣まで歩いていって、背中をドンと叩《たた》く。

うぐっ、という小さな悲鳴がわずかにマイクに入って、長い耳が大きく揺れる。傾いた体を支えるべく一歩前に出された足が、スタンドに小さくぶつかるコンという音が聞こえた。

ウミ先輩はなにを言うでもなく、振り向いた三雨《みう》に頷《うなず》いた。

どんな感情がそこにあるのか、僕にはわからない。

けれど三雨《みう》はもう一度正面を向くと、深く息を吸って、そして意を決して言った。

「……あの、ボク、好きな人がいて！　でも、フラれちゃいました！」

たくさんの生徒が、彼女のその告白を聞いていた。ひそひそとした声が、沸騰しはじめたお湯のようにあがってくる。

ステージの上でそこまで言ってしまうのか。

僕の顔は、きっと赤くなっていたと思う。ロズィがちょっと首をかしげて、それからバッと僕のほうを見た。ちらりと目をやると、すごい形相をしている。そう、彼女の考えていることは、合っている。僕は黙って肩をすくめた。ロズィは納得したように何度か深く頷《うなず》くと、ゆっくりとステージの上に目線を戻した。

「だけどさ。どうしてもあきらめられなくてさ――」

彼女が話しはじめると、観客はすっと静かになる。

聞いている。

誰もが、彼女の声を。

「――そのせいでいろいろ大変なことになっちゃって、いっぱい人を傷つけて。でも、友達が言ってくれたんだ。ちゃんとその気持ちを、納得いくように、全力でもう一度伝えなさいって。だからこういうかたちで、曲にしました」

呼吸が、聞こえる気がした。

三雨《みう》の呼吸ではない。

生徒の、呼吸だ。

たくさんの生徒が、静かに波打っているような錯覚を覚える。小さく膨らんで、そしてゆるやかに萎《しぼ》んでいく。吸って、吐く。それを繰り返す。三雨《みう》が語るにつれて、そのリズムがだんだんとシンクロしていく。

「ごめんねいきなり自分の話して。でも、違うんだ。これは確かに、ボクの気持ちを歌った歌なんだけど。でもさ。今日、文化祭だし。きっと、片思いだったり、好きな人とうまくいかなかったり、思うようにならなかった人も、この中にいっぱいいると思うんだよね」

ステージの上にいるのが、あの三雨《みう》だとは信じられなかった。

派手な格好の割に小心者で、好きなものがあるくせに一歩退《ひ》いていて、でもそれを僕だけにはぶつけてきた、あの三雨《みう》。

彼女は今、自分の言葉を紡《つむ》いでいる。まっすぐに。正直に。こんなにたくさんの人の前で。

だからこそ、僕は驚いていた。

三雨《みう》は、自分のために歌うのだと思っていた。抱えた気持ちに、決着をつけるために。

でも、そうじゃなかった。

彼女はそんなところはとっくに通り過ぎていたんだ。

「これは、ボクのための、ボクが好きな人のための曲。でもそれだけじゃないんだ」

彼女の笑顔には、もう躊躇いはなかった。

まっすぐに、自分の心を、僕との関係を、そして今この場所にいる人のことを見つめている。

「どうしようもなく誰かが好きな気持ちを抱えるみんなのために、歌います——」

僕はステージに立つ、三雨《みう》の姿を見つめる。

悪魔に憑《つ》かれた、ウサギの姿。

本当は、誰にも見てほしくないはずの、その欲望。
そんな姿を、誰かのために赤裸々に曝《さら》すことができるとしたら。
それがロックというものだろう。
「――聞いてください。〈ウサギのうた〉」
ドラムが走る。
ベースが波打つ。
空中に跳び上がったギターが、着地とともに歪《ゆが》んだ音をぶつけて。
そして、三雨《みう》の歌声が、響いた。

第9章 殴打に適したテレキャスター

ライブを終えて、僕は三雨《みう》と対面していた。

隣で聞いていたロズィは立ち尽くしたまま呆然《ぼうぜん》としていて、話しかけても返事がなかった。そのままにしておくのもどうかと思ったが、せっかく余韻にひたっているのを邪魔するのもはばかれる。僕は静かに彼女に背を向けて、その場を離れた。

三雨《みう》からは事前に、ライブが終わったら、体育館の裏に来てほしい、と言われていた。次のステージがさして時間を置かずにはじまるため、そこが一番人がいないらしい。

遠くから、ライブの熱気冷めやらぬ生徒たちの喧騒《けんそう》が聞こえてくる。

コンクリートでできたいかにも頑丈そうな体育館の壁を眺めながら、さっきまでこの中でライブが行われていたなんて嘘《うそ》みたいだな、と思う。

僕が足を運ぶと、三雨《みう》はその場にしゃがみ込んで、地面に咲いた花をつついていた。その横には、黒いケースに入ったギターが立て掛けられている。彼女は僕に気づくと顔を上げて、ゆっくりと立ち上がった。頭の上に伸びた長い耳が揺れる。

「……聞いてくれた、よね」

彼女がそう確かめて、僕はゆっくりと頷《うなず》く。

「うん」

「その……どうだった？」

僕はしばらく考える。

感情がまだ自分の中で渦巻いていて、うまく言葉にならなかった。その間、三雨《みう》は不安そうに僕を見つめている。

「かっこよかった」

それが一番、素直な感想だった。

正直に言って、僕はうぬぼれていた。

三雨《みう》の歌は、きっと僕に対する気持ちを歌うのだと思いこんでいた。だからその気持ちで身構えていた。単なるラブソングだったら、僕はきっと、こんなに心を動かされなかったと思う。

求めているものが手に入らないとして、願いが叶《かな》わないとして、僕たちはそんな気持ちにどう決着をつけて、前に進んでいけばいいのか。現実にぶつかっていくこと。胸を張れる自分であること。その覚悟に、僕は胸を打たれた。

それは彼女が、悪魔と向き合う中で摑《つか》み取《と》った——そして、衣緒花《いおか》から受け取ったメッセージだ。

「えへへ、照れちゃうな」

三雨《みう》は顔を赤らめると、しばらくもじもじとしていたが、やがて僕の目をまっすぐと見た。

僕はそれを、正面から受け止める。

「ねぇ、有葉《あるは》。もう一度言うね」

「聞くよ」

「好きです。ボクと付き合ってください」

あのときと同じその言葉は、けれどまったく別の感情で響く。

光のようにまっすぐに、鉄のように力強く。

だから僕も、ちゃんとそれを受け止め、そして返す。

「ごめん。三雨《みう》とは付き合えない」

「そっか」

そう笑う三雨《みう》の表情は、やっぱり少し悲しそうではあったけれど、どこか爽《さわ》やかで、風に揺れる花を思い起こさせた。

「まあ、でもね。ボクはボクなりにがんばったなって、自分で思えたから。だから、大丈夫。ありがと、有葉《あるは》」

彼女は照れくさそうに、頭の上に伸びた長い耳を触ろうとする。

しかし。

衣緒花《いおか》と同じ姿でも、中身が衣緒花《いおか》じゃないと意味がない。

たとえ魔法で姿が変わって、落ちぶれて、なにもかも失ったとしても。

どうしようもなく嫌われて、見向きもされなかったとしても。

僕はそれでも、衣緒花《いおか》のために生きたい。

だから。

「衣緒花《いおか》！　君が好きだ！」

気がつくと、僕はそう叫んでいた。

僕が出した、自分で選んだ、たったひとつの答え。

目の前にいる悪魔に負けないようにするのが精一杯で、振り向いて衣緒花《いおか》の反応を見る余裕はなかった。

声が聞きたかった。話がしたかった。どう思っているのか知りたかった。

もしかしたら、話す価値すらないと思われているのかもしれない。それでもいい。

僕はこの悪魔を祓《はら》う。

それが今、彼女のために、できることだから。衣緒花《いおか》には、触れさせない。

しかし、もう限界だった。悪魔の力はどんどん強くなり、押し込まれていく。

いったい、どうしてだ。三雨《みう》についていた悪魔が、どうして衣緒花《いおか》を狙っているんだ。

どうしたら、この悪魔は祓《はら》える？

ふと、背中にあたたかいものを感じた。

衣緒花《いおか》が、僕を背中から抱いていた。

腕が胸に周り、ぎゅっと力がこもる。

すん、と鼻をすする音が聞こえて。

それから、小さな声で、囁《ささや》いた。

「有葉《あるは》くん。ひどいことを言って、ごめんなさい。私も本当は……あなたが好きです」

その瞬間。

悪魔が、消えた。

「うわっ！」

「きゃっ！」

拮抗《きっこう》していた力の片方が崩れ去って、僕たちはふたりとも地面に転がった。あまりにもあっけない、急激な消滅。

慌ててあたりを見回して、すぐになにが起きたかを理解する。

黒い影でできた小さなウサギが、僕たちの目の前に座っていた。

そのウサギは、ぴょんぴょんと跳ねると、床に尻もちをついたままの三雨《みう》の胸に飛び込んだ。

「そっか。これが、ボクに憑《つ》いてた悪魔か……」

三雨《みう》はそう言って、ウサギに触れようとする。

「ありがとう。ボクの願いは、もう叶《かな》えなくても大丈夫だから。いつかもし、新しい願いを持つことがあったら、そのときは、自分で叶《かな》えるよ」

彼女の言葉に応えるように、ぴょん、とウサギが跳ねた。

ウサギは三雨《みう》が抱いたギターに飛び込むと、その姿を消した。

「え……あれ？」

彼女があたりを見回すと。

「三雨《みう》、ギターが……！」

探していたウサギは、ギターの中にいた。

ウサギのシルエットが、ステッカーでも貼ったように、ギターに貼りついている。

動くのではないかと思ってじっと見つめたが、そのままぴくりとも動かなかった。

「これ、どういうこと……？」

「いやあ、まさか自力で儀式まで終えてしまうとはね。まったく有能なエクソシストだ」

そう言いながら歩いてきたのは、気絶していたはずの、佐伊《さい》さんだった。

「佐伊《さい》さん、大丈夫なの!?」

「あー痛たたた腰がぁー」

佐伊《さい》さんはそう言って、大袈裟《おおげさ》に痛がってみせた。

「ちょっと、途中から起きてたでしょ!?」

「さーて、なんのことかな？　なににせよ、君たち青少年が自力で問題を解決できたのだから、よかったじゃあないか。めでたしめでたし」

そこまで言って、佐伊《さい》さんは大きなあくびをした。

僕はもう、呆れて開いた口が塞がらなかった。

もう二度と佐伊《さい》さんのことなんか信用するもんかと、心に誓う。

この人は、まったく、信用できない。

気がつくと、日はすっかり落ちていた。

三雨《みう》はギターを抱えて立っていて。

佐伊《さい》さんは伸びをしていて。

そして衣緒花《いおか》は、僕の手を握っていた。

夜の暗闇が照らす星の中で、ふと、オレンジ色の光を見つけた。

ゆらめくそれは、炎のきらめきだった。

「キャンプファイヤー……」

僕たちは揺れる炎に、魅入られるように引き寄せられていく。

学校祭の最後がキャンプファイヤーで終わるなんて、ぜんぜん覚えていなかった。まるでなにかの儀式みたいに、たくさんの生徒が炎を丸く取り囲んでいるのが見える。

僕は衣緒花《いおか》と出会ったときのことを思い出す。

「じゃ、浮気《うわき》するんですか？」

「し、しないよ」

「改めて聞きましょう。なにかしてほしいことはありますか？」

「うーん……せめてゴミはちゃんと捨ててほしい、かな……」

「はあ!?　そんなことどうでもいいでしょう!?」

「人に掃除を手伝わせておいて言えることじゃない」

「そ、それはそうですけど、もっとこう、あるでしょう！　私が彼女なんですよ!?」

その剣幕に物怖《ものお》じしないくらいには、僕は衣緒花《いおか》に接し慣れていた。

手を止めて、少し考えてみる。

「いや……なんか、いろんな要求して言うこと聞かせるのも違うっていうか……」

「私は言うこと聞かされたいんです！」

「待ってなに言ってるの」

「な、なに言ってるんでしょうね、本当に……」

今度は衣緒花《いおか》が顔を赤くする番だった。

それから僕たちは顔を見合わせて、笑った。

彼女が僕の役に立ちたいと思ってくれていることは知っている。でもなにかをしてもらうより、こうしてあれこれと彼女の世話を焼いているほうが気持ちがよい。

僕はずっと、衣緒花《いおか》に引け目を感じていた。

彼女と僕は、釣り合いという意味ではきっと対等ではないのだろう。いつか世界を獲《と》ると言ってはばからず、実際に活躍の場を広げているモデルと、どこの馬の骨ともわからない僕。

美女と野獣——だったらまだ格好もついたのかもしれないが、ティラノサウルスとヒツジが関の山だ。

でも、見た目でもなく、立場でもなく、僕が尊敬しているのは、衣緒花《いおか》の生き方だった。

いつでもあきらめず前に進むという、そのありよう。

僕はまだ、自分のやらなければならないことが見つけられたわけではない。

いつか衣緒花《いおか》と同じように、目指すべきゴールに向けて歩いていきたいと思う。

だとしても。

ヒツジには、ヒツジにしかできないことがある。彼女に寄り添い、凍える夜にあたためることができるのなら、今はそれでいいと思った。

「ねぇ、気づいてないでしょう」

「なにに？」

「有葉《あるは》くんは、私だけの有葉《あるは》くんって言いましたよね」

「うん」

「私も、有葉《あるは》くんだけの私なんですよ」

そう微笑《ほほえ》む彼女が、見ていられないほど眩《まぶ》しくて、僕は思わず、目を閉じる。

けれどそれは、無意味な抵抗にすぎなかった。

誰かを想《おも》うことは、かくも尊く、かくも難しい。

星と星の間に働く力が天体の運動を決めるように、僕たちはいつも目に見えない想《おも》いに振り回され、ときに衝突し合う。

抗《あらが》うことのできない巨大な重力が、僕を彼女に近づけていく。

でも、今の僕は、燃え尽きたりしない。

自分の中に、確かな熱を見つけたから。

惑星でも衛星でもない、もうひとつの恒星。対等な存在。

僕たちは連星のように身を寄せ合って、互いの周りを踊った。


—AOHAL DEVIL2—

PURIFIED

Aohal Devil 2

[CAST]

MIU MIYAMURA

ARUHA ARIHARA

IOKA ITO

ROSAMOND "ROSY" ROLAND ROKUGOU

KAI KAWAGUCHI

SAI SAITOU

SHIITO SHIMIZU

SEITA SEKI

YOMIKO ARIHARA

◉池田明季哉著作リスト

「オーバーライト　――ブリストルのゴースト」（電撃文庫）
「オーバーライト２　――クリスマス・ウォーズの炎」（同）
「オーバーライト３　――ロンドン・インベイジョン」（同）
「アオハルデビル」（同）
「アオハルデビル２」（同）

本書に対するご意見、ご感想をお寄せください。

ファンレターあて先
〒 102-8177　東京都千代田区富士見 2-13-3
電撃文庫編集部
「池田明季哉先生」係
「ゆーFOU先生」係

本書は書き下ろしです。

電撃文庫

アオハルデビル2

池田《いけだ》明季哉《あきや》

2023年２月10日　初版発行

発行者　山下直久
発行　株式会社KADOKAWA
〒102-8177　東京都千代田区富士見2-13-3
0570-002-301（ナビダイヤル）
装丁者　荻窪裕司（META＋MANIERA）
印刷　株式会社暁印刷
製本　株式会社暁印刷

ISBN978-4-04-914669-1　C0193　Printed in Japan

電撃文庫　https://dengekibunko.jp/

電撃文庫創刊に際して

文庫は、我が国にとどまらず、世界の書籍の流れのなかで〝小さな巨人〟としての地位を築いてきた。古今東西の名著を、廉価で手に入りやすい形で提供してきたからこそ、人は文庫を自分の師として、また青春の想い出として、語りついできたのである。

その源を、文化的にはドイツのレクラム文庫に求めるにせよ、規模の上でイギリスのペンギンブックスに求めるにせよ、いま文庫は知識人の層の多様化に従って、ますますその意義を大きくしていると言ってよい。

文庫出版の意味するものは、激動の現代のみならず将来にわたって、大きくなることはあっても、小さくなることはないだろう。

「電撃文庫」は、そのように多様化した対象に応え、歴史に耐えうる作品を収録するのはもちろん、新しい世紀を迎えるにあたって、既成の枠をこえる新鮮で強烈なアイ・オープナーたりたい。

その特異さ故に、この存在は、かつて文庫がはじめて出版世界に登場したときと、同じ戸惑いを読書人に与えるかもしれない。

しかし、〈Changing Times,Changing Publishing〉時代は変わって、出版も変わる。時を重ねるなかで、精神の糧として、心の一隅を占めるものとして、次なる文化の担い手の若者たちに確かな評価を得られると信じて、ここに「電撃文庫」を出版する。

1993年6月10日
角川歴彦